モンスターがあふれる世界に
なったけど、
頼れる
猫がいるから大丈夫です
2
著 よっしゃあっ!
Illustrator
しんいし智歩
GAノベル

お風呂、トイレ、水道、
電気、ガス……。

うん。ギリギリ足りますね。
ミキシオリ
四国で出会った女性。
職業は《料理人》。
携行可能な生活拠点ゲット！
アップグレードでさらに便利に♪

リバちゃん
海蛇リヴァイアサンの幼体。
体の大きさを変化させられる。
きゅいきゅいいいい♪

きゅ!
ちっちゃい大物、懐いちゃいました!?
可愛いリヴァイアサン、加入!

『魂魄武装』
ベヒモス！

……試してみるか。
おい、構えろ、女。
刃獣
ソウルイーターと
対を成す剣の魔物。
切れぬものなき
最強のモンスター。
最悪最強、突如襲来!!
魔剣『刃獣』に立ち向かえ!

CONTENTS

モンスターがあふれる世界に
なったけど、
頼れる
猫がいるから大丈夫です
2
著 よっしゃあっ!
Illustrator
しんいし智歩
GAノベル

これまでのあらすじ

突如として、私たちの世界は変わった。

モンスターや謎《なぞ》の樹が現れ、レベルや職業、スキルを使えるゲームのような世界になってしまった。

そんな中、私――九条《クジョウ》あやめはペットの三毛猫ハルさんと共に偶然にもネームドモンスターの討伐に成功してしまう。

いや、討伐というか、正確には共倒れになった二体のモンスターの戦闘で、私とハルさんが最後の最後でちょっとだけ参戦したような形になったとシステムが認識しただけなんだけど、ともかく大量の経験値を得た私とハルさんは共にレベルが上がり、私は固有スキル『検索』を、ハルさんは固有スキル『変換』を手に入れた。更に私は倒したモンスターのうちの一体――骸骨《がいこつ》の騎士アガさんが持っていた魔剣『ソウルイーター』の持ち主となってしまう。

これがどうやら呪《のろ》われた装備らしく、捨てることができないらしい。

どうしてこうなった?

それから避難所に向かうと、職場の同僚――八島七味《ヤシマシチミ》先輩と再会した。お互いの無事を喜び合ったのもつかの間、今度はその避難所が強大なモンスター『ベヒモス』によって壊滅させられてしまう。その圧倒的な力の前に、私はなすすべもなく敗れてしまった。

常に死が付き纏《まと》う世界で、私は先輩と共に強くなって生き延びることを決意する。

都合よく服だけ溶かす白濁液を吐き出すモンスターや、茸《きのこ》のモンスター、猿のモンスターなどを倒しながら、私と先輩、ハルさんは少しずつ強くなってゆく。

そんな中、私たちは魔剣ソウルイーターの持ち主だった骸骨騎士アガさんの仲間、ボルさんやベレさんがベヒモスと戦っている場面に遭遇する。互いに全てを賭《か》けた死闘の末、ボルさんたちは数日間、ベヒモスを封印することに成功した。

だが力を消耗《しょうもう》した彼らでは、封印が解かれた後のベヒモスと戦って勝てる保証はない。そこで彼らはこっそりと戦いを見ていた私たちに共闘を持ちかける。

私たちもこれを了承し、ベヒモスを倒すまでの間、手を組むこととなった。

ボルさんとベレさんはモンスターとは思えないほど、感情豊かで、二人がいた世界のことや、魔剣ソウルイーターの使い方など、様々なことを教えてくれた。

魔剣ソウルイーターに眠る新たな力を解放し、私たちは遂にベヒモスとの決戦に挑む。

そして死闘の果てに遂にベヒモスを倒すことに成功した。

ボルさんたちとの別れ際《ぎわ》、彼らの連れていたモンスター『ナイトメア』を譲り受けることになった。

私たちはこのナイトメアを『メアさん』と名付けた。

メアさんは霧のモンスターで、様々な姿に化けることができるようだ。特にハルさんと同じ猫の姿がお気に入りらしい。

メアさんは様々な場所を、人を載せて移動することができるらしく、海を渡ることも可能だという。

私は家族と再会したいという想《おも》いから、今いる場所――九州《きゅうしゅう》から私の故郷、東京《とうきょう》を目指すことを決意した。

先輩や、ハルさん、メアさんという頼れる仲間と共に、私たちの旅が今、始まったのである。

序章

避難所を出発して数時間後、私と先輩は海に来ていた。

眼前に広がる瀬戸内海《せとないかい》の景色を眺めながら、先輩は口を開く。

「あやめちゃん、本当にここを通って四国《しこく》に向かうの？　福岡《ふくおか》じゃなくて？」

「はい、検索さんにいろいろ調べてもらったんですが、福岡、下関《しものせき》って経由して本州に行くよりも、大分《ココ》から、海を渡って四国に向かった方が良いみたいなんです」

「え、えぇー……」

私の言葉に先輩は困惑した表情になる。

まあ、私も最初に検索さんから教えてもらった時はそんな表情になった。

「いや、あやめちゃん、確かに単純に比較すればそっちの方が近いのは分かるよ？　でもさ、海だよ？　ほらこれ、地図見てよ？　愛媛《えひめ》県の一番近い海岸まで最短でも十キロ以上あるんだよ？」

先輩はリュックから取り出した地図を広げて、私に説明する。

「分かってますよ。でもメアさんなら問題ないそうです」

「メアちゃんが？」

「ミャー」

メアさんが私の足元で任せて！　と前脚を上げる。可愛《かわい》い。

「メアさんには水上を走るスキルがあるらしく、海であろうと問題なく移動できるそうです」

「ミャゥ」

メアさんは猫の姿のまま砂浜を駆けると、そのまま海の上も走り続けた。

へぇー、改めて見ると凄《すご》い光景だなぁー。先輩も驚いてる。

「す、凄い、忍者みたい……」

「え？　忍者って水上を走るんですか？」

「走るよっ！　だって忍者だもん」

「……」

先輩の中で忍者はどういう存在なんだろう？

すると検索さんの声が脳内に響く。

《職業『忍者』はスキル『忍術：水面歩行の術』を使用することで水面を移動できます》

できるんだ！　忍者、凄っ！　てか、忍者って職業なんだね。

そんな面白《おもしろ》職業を取ってる人がいれば、ちょっと会ってみたいかも。

まあ、それは置いといてだ。

「先輩、これで分かったでしょう？　メアさんに乗って移動すれば、水上も問題ないわけです」

「でもモンスターはどうするの？　海にもモンスターはいるんでしょ？」

「襲われたら、その時はハルさんの『変換』で適当にスキルを『水呪《すいじゅ》』に変えてしまえば問題ありません」

「あ、なるほど……」

確かに先輩の言う通り、海にもモンスターはいる。

だがそれも、ハルさんがいれば問題ない。『水呪』は水が弱点になるスキルなので、ほとんどの水生モンスターにとっては天敵とも言えるスキルだ。

ベヒモス戦の時のように、ハルさんの『変換』で相手のスキルのどれかを『水呪』に変えてしまえば、後は勝手に自滅する。

「改めて反則みたいな効果だね……」

「はい、本当に頼りになります」

「みゃう！」

ハルさんも前脚を上げて、「任せて！」と返事をする。

「ミャウ！」

すると戻ってきたメアさんもハルさんの隣に並んで前脚を上げる。二匹揃《そろ》って万歳《ばんざい》ポーズ。凄く可愛いです。写真に残しておきたい。

「そういえばあやめちゃん、メアちゃんはパーティーに入れないの？」

「あ、確かにそうですね……」

ボルさんから預けられたって手前、まだパーティーに入れてなかった。一応、確認しておこう。

「……メアさんは私たちのパーティーに入りたい？」

「ミャゥ！」
メアさんは勿論《もちろん》！　と頷《うなず》く。
《ナイトメアが仲間になりたそうにアナタを見ています。仲間にしてあげますか？》
そして脳内に響くアナウンス。当然、イエスを選択する。
《申請を受理しました。ナイトメアがアナタのパーティーに加入しました》
よし、これでメアさんがパーティーに入った。一応、パーティーメンバーの項目を確認しておく。

パーティーメンバー
ハル　猫又　LV7
ヤシマシチミ　LV13
ナイトメア　LV8

何気にメアさんのレベルが高い。
というか、私たちが名前を付けても、表示はナイトメアのままなのか。
《ネームドになる条件は、各種族ごとに異なります》
《またその名前も、それまで呼んでいた呼称とは別名になる可能性が高いです》
そうなんだ。そう言えば、ボルさんもそんなことを言ってた気がする。
――我々はあくまで自分たちでそう名乗っているだけだ。本来の意味でのネームドではないのだよ。

——もし自在にモンスターに名を与えられる存在がいるとすれば、それは神かもしくは君の言うカオス・フロンティアのシステムに介入できる者だけであろうな。

それだけこの世界のモンスターにとって『名前』とは重要な要素なのだろう。

ハルさんは元々、こっちの世界の動物だから、表示も元々の呼称でステータスにも表示されてるみたいだけど。まあ、普通に呼ぶ分には問題ないか。

「それじゃあ、メアさん、早速お願いします」

「ミャゥー♪」

私の呼びかけに応じて、メアさんは姿を変える。

それまでの子猫の姿から、私と先輩が乗っても問題ない大きな馬の姿へ——って、あれ？

「……なんか違くない？」

「違うねぇ……」

『ミャゥー？』

変化したメアさんの姿は馬じゃなった。

どっちかといえば、大きなひよこみたいな姿だった。馬の時と同じく首から上は無く、足首から青白い炎が発生している。でもこの姿、何かで見たような？　そこで私は、ふと思い出した。

「あ、私これ、妹がやってるゲームで見たことあるかもしれません。確かチョコ——」

「待って、あやめちゃん。なんかそれ以上は言っちゃいけない気がする」

「え？　あ、はい……」

何故《なぜ》か、その名を口にしようとしたら先輩に止められた。

でもなんでこんな鳥っぽい見た目なんだろう？

《ナイトメアは馬の形態なら瞬発力が高く、鳥の形態なら持久力が高くなります》

《二人を乗せて海を渡るのであれば、こちらの方が良いと判断したのでしょう》

あ、なるほど、どうやら、私たちのことを考えてこの形態になってくれたらしい。

ありがとう、メアさん。毛並みを触ってみるとすごくモフモフで気持ち良かった。

『ミャーゥ♪』

すると馬に擬態した時のように、霧でできた鞍《くら》と手綱《たづな》が具現化した。

ここに乗れということなのだろう。

私と先輩が跨《また》がり、最後にハルさんが私のリュックに乗れば準備はオッケーだ。

「それじゃあ、行きますよ」

「おー！」

「みゃぅー♪」

『ミャァーー！』

メアさんは私たちを乗せて、海へと駆け出した。

「うわぁー、すごーい」

「ほ、本当に水面を走ってるよー」

シュババババババッ！　と猛スピードで水面を走るメアさん。

水しぶきをあげながら走るので、私たちの後ろには虹《にじ》が発生し、爽快感が凄い。

「あ、あやめちゃん見て、見て！　スライムが浮いてる」

「ホントだ、浮いてますねー」

先輩の指さす方を見れば、大量のスライムがぷかぷか浮いていた。

まるでエチゼンクラゲの大量発生みたいだ。

「どうする、戦う？」

先輩が杖《つえ》を構えて聞いてくる。

うーん、色違いのスライムはいないけど、一応経験値にはなるし、狩っておいて損はないだろう。

と思ったら、検索さんの声が頭に響いた。

《海上のスライムは放置することを推奨します》

え？　放置ですか？

その意外なアドバイスに私はちょっと首を傾《かし》げた。

《海上に浮かぶスライムは全て、ある強力な個体の一部です。下手に刺激すれば、その個体を呼び寄せる恐れがあります》

強力な個体……？　それってあのベヒモスみたいなネームドモンスターって奴《やつ》ってこと？

《肯定します》

《スライムたちの王は『海王』と呼ばれ、全てのスライムを統《す》べる最強の個体です。その力はベヒ

モスを遥《はる》かに凌《しの》ぎ、モンスターたちの頂点『六王』の一角に該当します》
ろ、六王……？　モンスターの頂点？
《『海王』、『竜王』、『狼王《ろうおう》』、『鳥王』、『幻王』、『死王』が六王と呼ばれるモンスターです。様々な種族が存在するモンスターの中で別格であり、最強の六体です》
で、でもそんな強いモンスターでもハルさんの『変換』コンボがあれば大丈夫なんじゃ？
《小手先でどうにかなる相手ではありません》
《下手に手を出せば、九州《きゆうしゆう》全域が水没する可能性があります》
そ、そんなに恐ろしい存在なの……？
でもちょっと待って、検索さん。私たち今まで大量のスライムを倒してるんだけど、その『海王』って奴に眼を付けられてる可能性はないの？
《海に生息するスライムであれば、海王の探知に引っ掛かりますが、その効果は陸地までは及びません。加えてスライムは分裂と増殖を繰り返し、この世界に星の数ほど存在します。ほんの数百匹程度のスライムを殺されたところで、海王の怒りを買うことはありません》
そ、そうなんだ。良かった……。そうだよね、そもそもそんな恐ろしい相手の怒りを買うような方法を検索さんが教えるわけないよね。
《肯定します》
《海に浮かぶ個体も多少であれば倒しても問題ないでしょうが、無用なリスクは避けるべきです》
うん、分かった。海のスライムには絶対手を出しません。

「先輩、スライムは手出し無用です。検索さんが絶対戦っちゃ駄目だって」

「そ、そうなんだ。分かった」

しかし九州全域を水没させられるって、そんな凄いモンスターもいるんだ……。しかし今の世界って事前に知識がないと、本当にどこに地雷があるか分かったもんじゃないよね。あ、佐々木《ササキ》さんたちにもメールでこの情報を送っておこう。危険な情報はなるべく共有するようにしないと。

「ギシャアアアアアッ！」

すると水飛沫《みずしぶき》を上げながら、一体のモンスターが姿を現した。ウツボ……いや、海蛇？　みたいな見た目のモンスターだ。気配はしてたけど、正直あまり強そうじゃなかったのでスルーしてたが、向こうは私たちを獲物とみなしたらしい。

検索さん、このモンスターは倒しても大丈夫なんですか？

というか、どういうモンスターなんです？

《レッサー・カリュブディス》

《海に生息するモンスターの一種。食欲旺盛で、腹が空いていると自分より強い生物にも襲い掛かることもある獰猛《どうもう》なモンスター。嚙《か》みつく、体当たりなどの直接的な攻撃手段しか持たないが、泳ぐ速度は速く、トビウオのように長距離のジャンプも可能。その身は高級な白身魚を思わせるほど柔らかく絶品。栄養価も豊富》

相変わらず何故か味や栄養価についても説明してくれるけど、食べる気ないからね。

というか、例の海王様との関係はどうなんですか？

《海王とつながりのあるモンスターはスライム種だけなので、倒しても問題ありません》

とりあえず、倒しても問題ないモンスターのようだ。

「よし、メアさん。あのモンスターにギリギリまで接近することできる？」

『ミャゥー』

任せて！　とメアさんは一気に加速し、レッサー・カリュブディス——面倒な名前だしウツボでいいか——ウツボに接近する。

「ギシャ……？」

メアさんの速度にウツボは反応できず、あっさりと接近を許した。

「ハルさん、お願い。適当なスキルを『水呪』に変換しちゃって」

「みゃぁ」

十分接近できたので、ハルさんに『変換』をお願いする。

するとウツボの体がぼんやりと光り輝き、光が収まると同時に苦しみ出した。『水呪』の影響で水に濡《ぬ》れるほどにダメージを受けてしまうようになったからだ。

「ギギャアアアア！　ギ、ギィィ……」

それでも私たちに襲い掛かろうとしたが、『水呪』の効果は凄《すさ》まじく、あっという間にウツボは絶命してしまった。

《経験値を獲得しました》

脳内に流れるアナウンスと共に、ウツボの体が消え、紺色の魔石が海に落ちる。

『ミャッ』

するとメアさんは体から霧を発生させ、すかさずキャッチする。

おー、そんな器用なこともできるんだ。

「これ、ほんと反則的だね。無敵じゃん」

「……ですね」

改めてその効果を見ると、本当に凄い。私たちは何もしてないのに相手が勝手に自滅してしまう。

海に住むモンスターにとってハルさんはもはや天敵と言っていい存在だろう。

『ミャゥ』

「あ、メアさん、ありがとうね」

私はメアさんからウツボの魔石を貰《もら》う。倒したのはハルさんだし、ハルさんに上げようかな。

《レッサー・カリュブディスの魔石は、ハルに摂取させるのではなくアイテムボックスに保管することを推奨します》

すると検索さんから待ったがかかる。どういうことですか？

《レッサー・カリュブディスの魔石は希少価値が高く素材として利用できます。数を集めれば、ヤシマシチミの『初級魔道具作成』で新たな魔道具を作成することが可能です》

あ、なるほど。確かにその手があったのをすっかり忘れていた。それじゃあ、この魔石は使わずにとっておこう。

「……みゃぅー？」

「ごめんね、ハルさん。代わりにあとでおやつを多めにあげるからさ」

「みゃぁー♪」

残念そうな目で見つめてくるハルさんに、私はフォローを入れる。

おやつという言葉に反応したのか、ハルさんの機嫌はすっかり良くなった。

それにしても本当に楽な戦いだった。それに魔石は先輩のスキルの素材になるみたいだし、これならもっと戦っても大丈夫かな？

《周囲にレッサー・カリュブディスは五十体以上確認できます。四国への移動がてら、討伐することを推奨します》

すると検索さんから即座に返答が。

どうやらさっきのウツボはこの近くにまだまだいるらしい。まあ、わざわざ探さなくても向こうから来てくれるなら手間も省けるか。

「ギッシャアアアアアアアアアア」『シャアアアアアアアアアッ！』『ギィィッシャアアアアアアアアアッ！』『シャアアアアアアアアアアッ！」

するとタイミングを見計らったかのように、新たに四体のウツボが姿を現した。私たちは移動がてら、次々ウツボを倒してゆく。勿論、ハルさんの『変換』のおかげで危なげなく倒すことができた。

最終的に倒したウツボの数は全部で二十四匹。十分な数を確保できた。他《ほか》にもマンボウみたいなモンスターや、でっかいエイみたいなモンスターも襲ってきたけど、あっさり倒すことができた。

それから数十分後――

「あ、陸地が見えてきましたよ」

「ホントだ」

「みゃー」

『ミャゥー』

道中のモンスターとの戦闘もさして苦労することもなく私たちは四国に到着することができた。

ちなみにモンスターとの戦闘で、私はＬＶ21に、先輩はＬＶ16に、ハルさんは猫又ＬＶ９に、メアさんはＬＶ９に上がった。やったね。

第一章　美味しいこととそれを受け入れられるかは別問題です

メアさんから下りた先輩は海を見ながら大きく伸びをする。

「はぁー、本当にあっという間に着いちゃったねー」

「ですね」

途中で何度かレッサー・カリュブディスとの戦闘になったが、それを含めても一時間も経《た》たないうちに四国《しこく》に辿《たど》り着くことができた。メアさんに感謝である。

「メアさん、お疲れ様ー。疲れてない？」

「ミャウ」

メアさんはチョコ◯の姿から、いつもの子猫の姿に戻ると「だいじょうぶー」と元気よく返事をした。

「えーっと、それで現在地なんですけど――」

私はリュックから地図を取り出して、今いる場所を確認する。

「私たちが今いるのは佐田岬《さだみさき》半島って場所みたいですね。愛媛《えひめ》県にある四国で最も西に位置する半島みたいです」

「なるほど。……あれ？　あやめちゃん、ふと思ったんだけど、これって地図で確認しなくても、検索さんに調べてもらえばすぐ分かったんじゃない？」

「え……？」

そういうのも調べることできるの？　てっきりスキルとかこの世界に関することだけだと思ってたけど？

《――可能です》

可能だった。えー、検索さん、そういうのもできるんなら早く教えてよー。

《疑問、質問に関する項目以外で回答することは不可能です。スキルの使い方については詳細に説明したはずですが？》

うっ……それを言われると確かにそうだけど……。申し訳ありません、検索さんを上手《うま》く使えない私が悪うございました。

「えっと、先輩。今確認したら検索できるみたいです」

「そうなんだ。じゃあこれからは手間が省けて良かったね」

「……ですね」

無邪気に笑う先輩が眩《まぶ》しい。そうだよ、先輩は何の悪気もなくただ疑問に思っただけ。誰のせいでもない、私が悪いのでございます。

話題を逸《そ》らすように、私は地図を広げながら、これからの予定を確認する。

「できれば今日中に松山市《まつやま》までには辿り着きたいですね」

「大丈夫かな？　かなり距離があるけど？」

「メアさん次第ですね。メアさん、まだ大丈夫？　疲れてない？」

「フミャ。ミィー」

メアさんは先輩の膝《ひざ》の上で「全然だいじょうぶー」と、元気よく返事をする。

メアさん的には先輩の膝の上はお気に入りポジションになっているようだ。同じように私の膝の上にはハルさんが乗っかっている。

「ふみゃぁ」

「ん？　撫《な》でて欲しいの？　はいはい、分かってますよー」

「構って」とアピールしてくるので、それはもう構ってあげますとも。おでこ、尻尾《しっぽ》の付け根、おでこ、尻尾の付け根、おでこ、たまに背中と撫でてあげると、ハルさんはとても気持ちよさそうに喉《のど》を鳴らした。ラブリー、とっても癒《い》やされます。

「甘えん坊の猫って都市伝説じゃなかったんだねぇ……」

「ふみゃぁー？」

存分に甘えてくるハルさんとメアさんを眺めながら、先輩はどこか遠くを見つめる。……もしかして以前飼っていた猫を思い出しているのだろうか？

「そういえば先輩、猫飼ってたって言ってましたね？　どんな猫だったんですか？」

「んー、私には全然懐《なつ》かないのに、お父さんにはデレッデレになって、自分が遊びたい時には寄って来るのに、私が遊びたい時にはソファーの上から絶対に下りてこない、とっても自由奔放《ほんぽう》な子だったよ」

「……そ、そうですか」

「あとしつこく撫でてるとよく噛《か》んでくる子だったね。まあ、それも含めて可愛《かわい》かったんだけどさ」

「……」

先輩、それ本当に懐かれてたんですか？　私はハルさんしか飼ったことないから分からないけど、飼い主あるあるなのだろうか？　ハルさん全然噛まないし、ひっかいてこないし、いつだって甘えん坊な可愛い猫です。

「話が脱線しちゃいましたね。ともかくメアさんが大丈夫なら、さっそく移動しましょう。最悪、近くの八幡浜《やわたはま》市や大洲《おおず》市辺りまでは辿り着きたいですね」

「野宿はきついもんねー」

「ええ。メアさんやハルさんもいますが、夜間の戦闘はできるだけ避けるようにしましょう」

街中にもモンスターはいるから確実に安全というわけじゃないが、それでも山林で過ごすよりかは幾分マシだと思う。私や先輩、サバイバルの経験皆無だし。

問題は人目の方か。できれば、首のない馬やチョコ◯姿のメアさんに乗ってるところはあまり他人に見られたくないんだよね。モンスターと一緒にいる人間ってだけで不審がられるのは目に見えてるし。

（あ、でもモンスターを従わせるスキルを持ってるって言えば、言い訳にはなるかな……？）

検索さん、その手のスキルってありますか？

《職業『魔物使い』の『モンスター契約』を使えば、モンスターを支配下に置くことが可能です》

それなら万が一見られた時は、そのスキルを持ってるってことにしよう。

とりあえずこの辺ならまだ人気《ひとけ》は少ないし問題ないと思うけど。

「それじゃあ移動しましょう。メアさん、お願いできる？」

「ミヤゥ！」

メアさんは「まだまだ余裕ー」と力強く頷《うなず》くと、再び首のないチョコ◯の姿になった。

「よし、それじゃあしゅっぱーつ」

「おー」

「みゃー」

『ミヤァー』

メアさんに跨《また》がると、私たちは国道沿いに進み始めた。

●

移動中はモンスターの気配もなく順調そのものだった。先輩と雑談ができるくらいには余裕もある。

「——そういえば、先輩はポイントの振り分けとかちゃんとしました？」

「うん、ちゃんとやってるよ」

ふと、気になって聞いてみたが、先輩もちゃんとポイントは使っているようだ。

「私はあやめちゃんと違って、持ってるスキルも少ないからそんなに悩むことも無いしね」

先輩の現在のステータスはこんな感じだ。

ヤシマシチミ
ＬＶ16
ＨＰ：46／46　ＭＰ：167／167
力：21　耐久：19　敏捷：22　器用：25　魔力：140　対魔力：140
ＳＰ：1
ＪＰ：1
職業　魔術師ＬＶ5
固有スキル　なし
スキル　火魔術ＬＶ6、魔術強化ＬＶ4、ＭＰ強化ＬＶ3、
初級魔道具作成ＬＶ3、鑑定ＬＶ1、メールＬＶ1、
魔物殺しＬＶ2、不倶戴天ＬＶ5

「基本的には、火魔術と不倶戴天を伸ばすようにしてるかな。一番使うスキルだからね。あと、いっぱいモンスター倒して熟練度が上がったみたいで、ＭＰ強化や魔術強化も上がったよ」

「おー、いいですね。ポイントの振り分けについてはそれが良いと思います。そういえば魔道具作成は杖《つえ》以外には何か作れるようになりました？」

「んー、今のところ、作れるのは『杖』だけみたい。さっきあやめちゃんが言ってた素材が手に入れば『ローブ』とか『靴』が作れるみたいだね。ローブの方は熱に対する耐性、靴《くつ》の方は蒸《む》れなくて靴擦《ず》れが起きないって効果があるみたい」

「へー、それは凄《すご》いですね。……というか、実生活だと靴の方が凄く魅力的ですね。蒸れないし靴擦れが起きないって……」

「……うん。自分にぴったり合う靴ってなかなかないもんね。こんな世界じゃなければ、私もちょっといいなって思っちゃった」

それにしても先輩の職業は『魔術師』だけなのか。

もしかしたら、私の『魔剣使い』みたいに何か別の職業を取得してるかと思ったが、予想が外れたようだ。

《ヤシマシチミはまだ魔杖《まじょう》に正式に認められていません。武器に認められた場合、『魔杖使い』の職業が取得可能になります》

あ、やっぱり似たような職業があるんだね。

でも先輩もベヒモス戦ではかなり魔杖を使いこなしてたと思うけど、私と何が違うんだろう？

《武器の所有者となること、武器を使いこなすこと、武器に認められることは同じではありません。また武器に認められるかどうかは所有者の資質によるところが大きいです》

所有者の資質ね……。ちなみに、武器に認められる条件って何なんですか？

《武器との対話を行うことです》

武器との対話……。

そういえば、ベヒモスの戦いの最中に誰かと会話したような気がする。もしかしてアレが魔剣との対話だったのだろうか？　でも正直、必死だったしよく覚えてない。

「先輩、今検索さんに教えてもらったんですが――」

私は検索さんに教えてもらった魔杖についての情報を先輩に話す。


「――うーん、武器との対話かぁー。できるのかなぁ？　話しかけたり、念じてみても全然うんともスンとも言わないよ？」

「私にもできたんだし、先輩もきっとできますよ」

「うん、頑張ってみる」

頑張るぞいとポーズをとる先輩がちょっと可愛い。

すると先輩が何かに気付いたように私の方を向いた。

「ん……？　ねえ、あやめちゃん、なんかすごくいい匂《にお》いしない？」

「いい匂いですか……？　あ、本当だ」

どこからか焼肉のような香ばしい匂いが漂ってきた。私は手綱《たづな》を引いて、メアさんに止まってとお願いする。

「近くで誰かバーベキューでもしてるんですかね？」

「えー、こんな状況でそんなことする人がいるのかな……？」

「ですよね……」

こんなモンスターがあふれる世界で、呑気《のんき》にバーベキューなどするなんてとてもじゃないがあり得ない。……でもあり得ないからこそ気になる。この香ばしい匂いの正体が。

「……くんくん。あやめちゃん、あっちの方から漂ってくるよ」

「先輩、犬みたいですよ」

先輩は鼻を鳴らしながら、匂いの方角を指差す。海岸の方角だ。私もその方向に意識を向けると、かすかにだが人の気配を感じた。

「……誰かいますね。数は、多分一人だと思います。メアさん、ちょっと向こうに向かってくれる？」

『ミャゥ』

メアさんに方向転換してもらい、匂いと気配のする方向へ向かう。すると防波堤に誰かがいた。

私たちはメアさんから下りると、茂みの陰に隠れて様子をうかがう。

（……子供？）

そこにいたのは小さな子供だった。

十歳くらいだろうか？　中性的な顔立ちで、男の子か女の子か分かりにくいけど、髪も短いし多分男の子、だと思う。

少年は、バーベキュー用のコンロや道具を広げ、のんびりとお肉を焼いて食べていた。

「……お、美味《おい》しそうだね……」

「ッ……」

先輩の言葉に、私も思わず生唾《なまつば》を飲む。確かに物凄く美味しそうだ。網の上には肉だけでなく、魚の切り身やホタテ、エビ、それにアスパラやキャベツ、玉ねぎなどの野菜も良い感じに焦《こ》げ目がついて凄く美味しそうです、はい。

ステータスが上がった影響なのか、それとも単に私の食欲が視覚を強化しているのか、離れていてもその姿がはっきりと見えた。

「みゃぁー……」

「ミャウ……」

ハルさんとメアさんも涎《よだれ》を垂らしてお肉を見つめている。メアさんもいつのまにか猫の姿に戻っていた。

ああ、そういえばここ最近、焼肉食べてないなぁ。カルビ、タン塩、ロース、ホルモン……。食べたい、食べたい、焼肉すっごく食べたい。タレの付いたお肉でご飯を巻いて、それをビールで思いっきり流し込みたい。いくらでも食べれちゃう。焼肉食べる日はカロリーとかダイエットとかは一切《いっさい》気にしないって決めてるんだ。

何でこんなところに子供が一人でいるのかとか、そのクーラーボックスやバーベキューコンロはどうやって準備したんだとか、いろいろ疑問は湧《わ》くけど、それ以上に私たちは目の前で焼かれるお肉に釘付《くぎづ》けになった。

ここ数日、満足のいく食事をしていないこともあって、その破壊力は凄《すさ》まじかった。

ふらふらと私たちは涎を垂らしながら、さながらゾンビのように少年の元へと近づいてゆく。

すると少年もこちらに気付いたようだ。最初は驚いたようだが、やがて私たちがお腹《なか》が空いていると気付いたのだろう。

「……一緒に食べますか？」

「「……」」コクコク
少年の問いに、無言で頷いてしまう私と先輩。完全に不審者だ。

だが少年は不審がるそぶりも見せず、足元の袋から紙のお皿と割箸《わりばし》を差し出してきた。

「どうぞ」

お皿と箸を渡されポカンとする私と先輩。

「味、薄ければこっちにタレもありますから」

少年は手際《てぎわ》よくお肉を焼くと、私と先輩のお皿によそう。

「あ、はい……」

「ほ、本当に良いんですか？」

「食事は皆で食べた方が美味しいですから」

「は、はぁ……それじゃあ、ありがたく頂きます……」

良いんだろうかと思ったが、お肉の魅力には勝てなかった。

私と先輩はお皿に盛られたお肉を口に運ぶ。

「ッ――――!?」

その瞬間、脳裏に電流が走った。

お、美味しい……。食感はカルビに近いけど、肉の旨味《うまみ》が全然違う。

噛めば噛むほど肉汁が溢《あふ》れ出し、じゅわっと広がる油も全然くどくない。濃厚なんだけど、飲み込んだ瞬間、さらっと消えて、また次が食べたくなる。タレに入っているニンニクと唐辛子《とうがらし》も良い感じにアクセントになってる。今まで食べた焼肉の中で断トツで美味しかった。

「な、なにこれ凄く美味しい！　あやめちゃん、どうしよう、箸が全然止まらないよっ」

「はい、凄くおいしいですね、むぐっ！　むぐぐ！」

私と先輩は夢中でお肉を頬張《ほおば》る。

「ふふ、どんどん焼くので、いっぱい食べてください」

美味しそうに食べる私と先輩の表情を見て、少年は嬉《うれ》しくなったのか、どんどんお肉を焼いていく。この少年が何者なのかとか、なんでこんなところに一人でいるのかとか、いろいろ疑問が湧き上がるが、そんなのこの焼肉の前では些細《ささい》なことだ。

(ほ、本当に美味しい。あれ……？　でもこのお肉って、何のお肉なんだろう？)

牛や豚、鳥とは明らかに違うし、私は食べたことないけど鹿とか猪《いのしし》とかのお肉だろうか？

《――》

一瞬、検索さんの何か言いたげな気配がしたが、お肉に夢中な私は完全にスルーしてしまった。

「遠慮せずにどんどん食べてください。もし足りなければ追加で準備できますから」

「準備……？」

「はい」

すると少年は足元に落ちていた小石を砂浜に向けて投げた。

次の瞬間、私たちも良く知るモンスターが砂浜から現れた。

「……ワイズマンワームッ！」

私と先輩はその姿を見てすぐに臨戦態勢になる。

まさかこんなところでこのモンスターに再会するなんて！　せっかく焼肉でテンションが上がっていたのに水を差された気分だ。

「お姉さん方も、あのモンスターのことを知ってるんですか？」

「え？」

少年は意外そうな表情を浮かべ、私たちの方を見る。

「なら、話が早いですね。ちょっと待っててください」

いつの間にか、彼の手には包丁《ほうちょう》が握られていた。

少年は地面を蹴《け》ると、一気にワイズマンワームへと肉薄する。

「ふんっ！」

「ピギャアアアー！」

一閃《いっせん》。少年はワイズマンワームを瞬く間に倒してしまった。

（す、凄い……）

その見事な手並みに私と先輩は思わず見惚《みと》れてしまった。

無駄のない洗練された動き。間違いなく何かの職業、そしてスキルを持った者の動きだった。だがそこで私は異変に気付く。

（――あれ？　ワイズマンワームの死体が消えてない……？）

通常、モンスターは死ねば魔石を残してその肉体は消滅する。なのに、少年の倒したワイズマンワームは切り刻まれたままその場に残っていた。

どういうことだろうかと疑問に思っていると、少年は砂浜に落ちたワイズマンワームの肉片を拾うと戻ってきた。

「はい、追加分です」

「……追加分？」

少年の言葉が理解できず、私と先輩は首を傾《かし》げる。

「ですから、お肉の追加ですよ。まだ食べますよね？」

その言葉に、私と先輩の手がぴたりと止まる。…………………今、なんつった？

「あの……つかぬことをお聞きするんですが、もしかして私たちがさっきまで食べてたお肉って……？」

「……？　ですから、これですよ。ワイズマンワーム。美味しかったでしょう？　本当は一日ほどタレに浸けた方が旨味が増すんですが、このままでも十分に美味しいんですよ」

何を今更と、少年は不思議そうな顔をしながら、ワイズマンワームの肉を手際よく一口サイズに切り分けてゆく。

「「……」」

私と先輩は無言で顔を見合わせる。手に持っていた紙皿とお箸が地面に落ちた。

お肉……モンスターの？　ワイズマンワームのお肉……？　そういえば検索さんが、ワイズマンワームの肉は栄養価が高く旨味も豊富だと言っていたことを思い出した。

「あ、お皿、新しいのありますよ。はい、どうぞ」

少年は私たちの動揺など気にするそぶりも見せず、予備のお皿とお箸を渡してくる。首だけ動かして横を見れば、先輩も同じような反応だった。

「あ、あやめちゃん、これ……モンスターのおに――」

「分かってます。分かってますから皆まで言わないでください」

それまで美味しく頂いてたお肉の見方が変わってしまう。

悪いのは私たちだ。何のお肉か確認することも無く、バクバクと貪《むさぼ》った私たちが悪いのだ。

「みゃぅー？」もぐもぐ

「ミャァー？」モグモグ

そんな私たちの気持ちなど全く気にすることなくハルさんとメアさんはもりもりお肉を食べている。ちゃんと猫が食べても大丈夫なようにタレや胡椒《こしょう》を使わず焼いたお肉だ。その辺の細かい心遣《こころづか》いにまた心が痛む。

「……あれ、どうしました？」

私たちの箸が止まったのを見て、少年が首を傾げる。

「あ、流石《さすが》にお肉だけじゃ飽きちゃいますよね。ほら、野菜も焼けましたよ」

「あ、はい……」

うん、まあ野菜ならいいか……。半分にカットされた椎茸《しいたけ》を頂く。

お肉のダメージが大きいけど、うん……美味しい。

「あれ？　先輩、食べないんですか？」

「……」

しかし先輩はお皿の上の椎茸をじぃーっと見つめている。

椎茸、嫌いなのだろうか？　確かに椎茸って独特の風味だし、苦手な人はいるよね。

でもこの椎茸、今までに食べたことないくらい、癖《くせ》も無くてあっさりしていて美味しい。まるで
椎茸じゃないみた――………あ。

その可能性に思い至り、箸が止まる。自分の学習能力の無さが嫌になる。

「あの、これって椎茸ですか？」

「え、違いますよ？」

少年は笑みを浮かべながら、

「マイコニドっていうキノコ型のモンスターです」

「うえええええええええええええええええええええええええ！」

「ちょっ⁉　どうしたんですか、いきなり」

「どうしたもこうしたもないですよ！　なんですかこれ！　アナタ、なんてもんを調理してるんで

すか？」

「え？」

意味が分からないと、少年は小首を傾げる。すると徐々にその顔が青ざめてゆく。

「も、もしかして美味しくありませんでした？」

「味は美味しかったよっ！」

今まで食べた焼肉の中で一番おいしかった！　でも違うの！　言いたいのはお味じゃないの！

「なんでモンスターなんて調理してるんですか！」

「え、なんでって……」

少年は少し考え込む仕草《しぐさ》をして、

「だって美味しいじゃないですか……」

「そうだけど！　普通モンスターを食べるなんて考えないでしょ！」

「いや、でもモンスター肉って凄いんですよ？　栄養価も豊富だし、食べれば僅《わず》かですが経験値も入ります。それに食材によってはステータスが上がったり、スキルが手に入ったりといいことずくめですよ？」

「そういうことを言ってるんじゃないって！　てか、そんな適当なこと言って。そんなの分かるわけないでしょう？」

「分かりますよ、きちんと『鑑定』しましたから」

「『鑑定』ってそんな――あ、そうか、ワイズマンワーム……」

すっかり忘れてたけど、ワイズマンワームは、倒せば低確率で『鑑定』が手に入るモンスターだ。この少年もワイズマンワームを倒しているのだ。『鑑定』を持っていてもおかしくはない。

「……『鑑定』」

私は網の上で焼かれるお肉に鑑定を使う。

『ワイズマンワームの肉』

やわらかく美味。牛肉、豚肉、鶏肉《とりにく》に比べ栄養価が高く、特にタンパク質、ビタミンB群は牛肉の五倍以上。刺身でも美味《うま》いが、火を通すと肉質が変化し、より旨味が増す。

尻尾、頭の先端部分の肉は硬いが、良い出汁《だし》が取れる。食べると僅かに経験値が手に入る。

少年の言ってることは本当だった。

しかも検索さん並みに詳しく説明してくれてる。でも確かに考えてみれば、鑑定と検索って能力が似てるよね。

《――希少価値の低い素材や食材は鑑定のレベルが低くとも詳しい情報が入手可能です。また鑑定はレベルを上げなければ、スキルの効果、他人のステータスなどを把握することもできません。レベルの低い情報に踊らされて、己《おのれ》のスキルの価値を見誤っては困ります》

あ、すいません。そうですよね、検索さんの方が断然凄いですよね。

……もしかして検索さん、怒ってます？

《質問の意味が理解できません》

《あくまでシステムアシストとしてスキル所有者への進言を行っているだけです》

そ、そうですか……。でも最近、検索さんと普通に話してるから、ついスキルだってことを忘れちゃうんだよね。凄く頼りになる仲間だと思ってるし。

《――――》

と、話が脱線してしまった。私は少年に向き合う。

「……確かに栄養も豊富だし、経験値も入るみたいだね」

「ああ、やはりお姉さん方も鑑定を持ってらっしゃるんですね。先ほどのワイズマンワームも名前を知っていましたし」

それは検索さん情報だけど、あえて言う必要はないか。

「でもだからって食べる必要はなくないですか？　モンスターを食べるなんて、正直気持ち悪いですし……」

「気持ち悪い？」

私の言葉に、少年は不思議そうに首を傾げた。

「見た目が気持ち悪い食材ならいくらでもありますよ？　ナマコとかホヤとか。それにワイズマンワームだって、見た目だけならウナギや蛇と大差ないじゃないですか」

「大差あるよ⁉」

雲泥《うんでい》の差《さ》だと思うよ？　だが少年は納得してない様子。

「うーん、でも確かにモンスター食材に忌避感《きひかん》を抱く気持ちは分かります。でもそれって結局、食べ慣れてるかどうか程度の問題だと思うんですよね。例えば、エビやカニなんて食べ慣れてるから何も感じませんけど、見た目だけならモンスター並みに凄い姿をしてると思いませんか？　ウナギや蛇だって私たちが普段見慣れているからそう感じるだけでしょう？」

「いや、それは……。言われてみれば、そうかもだけど……」

「人は慣れに敏感な生き物です。食べ慣れたものを見れば食欲が湧き、食べ慣れない食材を見れば吐き気や嫌悪感を抱く。それは悪いことだとは思いません。人間の防衛本能みたいなものですからね」

「だ、だったら――」

「でも――未知の味に対する興味と好奇心もまた人の本能です」

そう言って少年は、焼けたワイズマンワームの肉を自分の皿によそうと、それをじっと見つめる。

「安心と好奇心。人間の本能はこの矛盾する二つで構成されています。自分は、好奇心がとても強いんです。だから『どうしてモンスターを食べるのか？』に対する自分の答えは一つです。食べてみたいと思ったから。ただそれだけですね。そして美味しいものは、誰かと一緒に食べたいと思い、お二人に提供した次第です。気分を悪くしたのであれば、謝ります。すいません」

「………」

少年の主張に、私は何も言い返せなかった。

私の主張はあくまで忌避感からくる感情論でしかない。

いや、嫌なモノは嫌としか言えないんだけど、こうもそれっぽいことを言われるとなんか言い返せなくなる。

「なんか、凄く大人びてるね……」

「はい……どっちが子供なんだよって思わされました……」

流石にモンスター食を受け入れるのは抵抗があるけど、この少年が悪意を持って私たちにモンスターのお肉を食べさせようとしたわけじゃないのはよく分かった。

「モンスター肉についてはまあ、その……美味しかったし、納得はしました。でもついでにもう一つ教えて欲しいんだけど、どうしてこんなところで子供が一人でバーベキューなんてしてたの？」

「え、子供？」

するとと少年は初めて困ったような表情を浮かべた。

「あー、その、自分、こう見えてもう成人してます。今年で二十八になります」

「二十八⁉」

私より六つも年上⁉

「あと自分、こう見えて女です」

「女性⁉」

そう言って、少年――いや、彼女は鞄《かばん》から免許証と保険証を取り出した。

名前は三木栞《ミキシオリ》。生年月日は――ほ、ほんとだ、私よりも六つも年上。保険証の方にはちゃんと性別が女性って記載されてる。世の中って広いなぁ、と思わずにはいられなかった。

身分証を見て呆然《ぼうぜん》とする私と先輩に対し、三木さんは苦笑する。

「す、すいません。会ったばかりなのに失礼な態度を取ってしまい……」

「ごめんなさいっ」

咄嗟《とっさ》に私と先輩は謝罪した。考えてみればとんでもなく失礼な態度を取ってしまった。

「気にしなくていいです、慣れてますから。自分、こんな見た目なので、夜中とか一人で歩いてたり、バイクに乗ってたりすると、よく警官に職質受けるんですよ。たまに免許証とか見せても信じてもらえない時もあります」

「そ、それは大変ですね……」

その光景が容易に目に浮かぶようだ。てか、バイク乗るんですね。ますますギャップが凄い。

すると先輩がずいっと前に出て、三木さんの手を摑《つか》む。

「分かるっ！　その気持ち凄く分かるよ、三木さん！　私もこんなちんちくりんだから、私服で歩いてると小学生とかに間違われるし、同僚には全然年上として見てもらえないし。先輩なのに後輩って言われるし。ホント、もうあと十センチ身長が欲しいって何度思ったか」

「そうなんですよね。何故《なぜ》か散歩してるとお年寄りに飴《あめ》とかお菓子貰《もら》いますし、その度に説明するの面倒ですし……」

「あるある。買い物行っても『お遣いえらいねー』って何故かおまけ貰ったりするんだよね」

「ありますね。この間なんかも――」

なんかすごく話が弾《はず》んでる。まあ、先輩も三木さんに負けず劣らず歳《とし》不相応な容姿だものね。

お互いにシンパシーを感じたのか、先輩と三木さんの話はますます盛り上がり、その間私はすることが無いので、ハルさんとメアさんをモフモフした。凄く癒やされた。

「――なるほどー、じゃあ琹さんは『料理人』って職業にしたんだ」

「はい。自分、料理屋で働いているんですが、次の日の仕込みをしてる時にゴブリンに襲われたんです。包丁でなんとか倒したら、頭の中に変なアナウンスが流れて……。最初は夢か幻覚かと思ったんですが、町にモンスターは溢れてますし、スキルは本物だし、もう大変でした」

「分かるよー。私も最初はそんな感じだったもん。でもなんで『料理人』にしたの？　他《ほか》にも選択肢はあったんだよね？」

「最初はこれが現実とは思わなかったので……。まあ、モンスターを捌《さば》いたり、目利《めき》きするのには便利なので結果的には良かったですけど」

「なるほど、結果オーライだね」

「はい。それにそのおかげでこうして九条《クジヨウ》さんや七味《シチミ》さんにも会えたので、自分は満足です」

「だねっ」

ねーと手を合わせるロリ二人。名前で呼び合ってるし、完全に意気投合してる。

いや、でも普通モンスターを捌いたり食べようとはしないと思うけど、もうそこは突っ込まないでおこう。すると、三木さんが私の方を見た。

「――ところで、ちょっと気になってたんですが、お二人はどこから来たんですか？　伊方町《いかた》とは真逆――というか、海の方から来たように見えたのですが……」

「えーっと……」

どうしようか？　普通に話しても大丈夫かなぁ……？

「みゃあー」

「ミャウー」

ちらりとハルさんとメアさんの方を見れば、「もんだいないよー」と言ってるように見えた。

先輩の方も見れば、力強く頷いてみせた。まあ、確かにこの人なら話しても大丈夫そうだよね。

「えっと、実は――」

私は三木さんに、私たちがここに来た経緯を説明した。

「う、海を渡って来たんですか……？」

「はい」

「ミャーゥ」

流石にこれには、三木さんも驚いたようで、口を開けて呆然としている。

メアさんが首のない馬の姿やチョコ○形態になってみせると、更にびっくりした。

「猫ちゃんたちがモンスターなのには気付いてましたが、この姿は流石に予想外でした。いろんな意味で危険な姿ですね……権利関係的に」

「……気付いてたんですか？」

「『鑑定』がありますから」

あ、そうだった。この人もワイズマンワームを倒して『鑑定』を手に入れてたんだった。

「それにしてもベヒモスですか……。九州《きゆうしゆう》にはそんな強いモンスターが出現してたんですね……」

「正直、何度も死にかけました」

「だよねー」

今思い出しても、体が震える。あれは様々な幸運と偶然が重なった奇跡的な勝利だ。

もう一度戦えば、間違いなく殺されるだろう。てか、絶対無理。

「ベヒモスってどんな味だったんでしょうね。気になります」

「いや、気になるのそこですか」

ブレないな、この人……。

「しかしこの状況で東京《とうきよう》向かうなんて、ずいぶんと思い切ったことを考えましたね」

「まあ、自分でもそう思います。でも……それでもやっぱり家族に会いたくて……」

「……その気持ちはよく分かります。自分も歳の離れた妹がいますから。この後の道のりは決めているんですか？　四国《ココ》から本州に向かうとなると、瀬戸大橋《せとおおはし》を通って岡山《おかやま》県に入るか、大鳴門橋《おおなるときよう》を通って淡路《あわじ》島から兵庫《ひようご》県に入るルートかと思いますけど……」

「そうですね。とりあえず淡路島の方を通って、本州に向かおうと考えてます」

そのルートが一番いいって、検索さんも言ってたし。

すると三木さんは顎《あご》に手を当てて、なにやら考え込む仕草をした。

「……うーん、となるとアレが障害になるかもしれませんね……」

「障害？　何かあるんですか？」

「ええ、向こうの海には少々厄介《やっかい》なモンスターがいるんですよ」

「厄介なモンスター？」

「はい」

三木さんは少し間をおいて、

「――リヴァイアサンです」
リ、リヴァイアサン……？　それって一体どんなモンスターなのだろうか？
検索さん、教えてください。
《モンスター『リヴァイアサン』について》
《ベヒモスと双璧を成す海の怪物。水と雷を自在に操《あやつ》り、水中戦においては無類の強さを誇る。生まれてから死ぬまで成長を続け、より大きく歳を重ねた個体ほど力は強くなる。大蛇を思わせる長大な体は硬い鱗《うろこ》で覆われており、あらゆる物理攻撃、魔法攻撃を軽減する効果がある。聴覚が異常に発達しており、優れた索敵能力を持つ》
え、ちょっと待って、なにそれ、あのベヒモスと同格⁉　メチャクチャ強いじゃん！
検索さん、四国は安全なルートだって言ってたよね？　これのどこが安全なのさ？
《瀬戸内海《せとないかい》と呼ばれる海域にリヴァイアサンは一体しかいません》
《福岡《ふくおか》、山口《やまぐち》間には巨人の群れや刃獣《とうじゆう》といったより強大なモンスターが確認されています。故《ゆえ》に遭遇率や生存率を計算し、このルートが最も安全だと判断しました》
……それって危険なルートしかないから、比較的危険の少ないルートを選んだってことだよね？

《肯定します》

検索さんの言葉に私は頭を抱える。そういうことは先に言ってよ……。

てことは、もしかして運が悪ければ、大分《おおいた》からここに来るまでの間に、リヴァイアサンに遭遇してた可能性もあったの？

《肯定します》

《ですが遭遇確率は2％未満でした。ほぼ危険はないと判断しました》

逆に言えば、その2％に当たっていれば、危なかったってことだ。知らないって怖い。

「ぼーっとされてどうしたんですか？」

「……へっ？　あ、すいません、何でもないです、はい」

検索さんと脳内で会話してたなんて流石に言えないので、私は笑って誤魔化《ごまか》した。

「三木さんはどこでそのリヴァイアサンってモンスターを見たんですか？」

「えーっと、ちょっと待ってください。――この辺ですね」

三木さんはリュックから地図を取り出し、場所を指差す。

佐田岬半島の北側――伊予灘《いよなだ》と呼ばれる瀬戸内海西部の海域だ。

「海面に出た姿を遠くに見ただけなんですが、それでもかなりの巨体でした。『鑑定』で判明したのは種族名だけ。かなり距離があったのに、自分はその姿を見ただけで寒気が止まりませんでした」

三木さんはその姿を思い出したのか、かすかに震えた。

思い出しただけでもこれとは、よほどの恐怖だったのだろう。

「その後、松山市の方へ泳いでいったので、もしかしたら瀬戸大橋や大鳴門橋を渡る時の障害になるかもしれません」

「……」

確かにその可能性はある。でも、検索さんによればリヴァイアサンの数は一体だけ。タイミングさえ間違えなければ、遭遇する可能性は極めて低い。

――それこそ、リヴァイアサンが私たちに固執でもしない限りは。

まあ、流石にそんなことないと思うけど。

「……あやめちゃん、四国ルートは安全だって言ってたよね？」

先輩がじーっとこっちを見つめてくる。

「安全ですよ。…………比較的」

「比較的って言った！　今、比較的って言ったぁ！」

「私だって騙《だま》されてたんですよ！　今、知ったんです、すいません！」

「むー、下調べはもっと念入りにしようよ、あやめちゃん」

「返す言葉もありません……」

今度から検索さんに調べてもらう時は、もっとしっかり調べてもらうようにしよう。

ついでに言葉の裏とか、言外に触れてない部分とかも考えるようにしなきゃ。検索さん、割とその辺大雑把《おおざっぱ》だし。

《……騙した覚えはありません。詳しく聞かなかっただけでしょう……》

あれ？　なんか、今検索さんがイラッとしているような気配を感じたんだけど……？

《……気のせいです》

本当に気のせいだろうか……？

ちらりと三木さんの方を見れば、私と先輩を見てくすくす笑っていた。

「仲がいいんですね、お二人は」

「そうだよー。私とあやめちゃんは公私ともに相性ばっちりなんだから」

「……いや、プライベートはまだしも、仕事の方はちょっと……」

「なんでそこで否定するの、あやめちゃん⁉」

「いや、だって先輩、よく私に書類作りとか押し付けたじゃないですか……」

「それはあやめちゃんの方がワード打つの早いからだよ。私、パソコン作業って苦手だし……」

「年配の方ならまだしも、先輩の歳でパソコンが苦手って言い訳は駄目ですよ。怠慢です。何度も教えようとしたのにずーっとその場しのぎで覚えようとしなかったの先輩じゃないですか」

「そ、それは……その……うぅー、栞さぁーん、あやめちゃんがいじめるよぉー」

「はいはい、泣いちゃ駄目ですよ」

おかしいな。年上の女性が、より年上の女性に慰められてるはずなのに、小学生男子に、小学生女子が慰められてる絵面《えづら》にしか見えない。

「……ところで九条さん、一つご相談があるのですが」

「なんでしょうか？」

三木さんは先輩の頭をなでなでしながら、真面目《まじめ》な表情になる。

「自分もお二人の旅に連れて行ってはもらえませんか？」

「「ええ⁉」」

予想外の申し出に、私と先輩の声が綺麗《きれい》にハモる。

「ど、どうしてですか？」

「……実は自分も東京に妹がいるんです。こんな状況ですし、今生《こんじょう》の別れになるかもと思っていたのですが、お二人について行けばもしかしたら会えるかもしれないと思いました。なのでお願いします。邪魔にならないと誓うので、どうか自分も仲間に入れてもらえませんか？」

「そ、それは――」

「自分、戦闘面ではあまりお役に立てないかもですが、生活面ではお役に立てると思います。料理得意ですから」

「りょ、料理……」

ちらりと、私は取り皿に盛られたモンスター肉を見る。

「あ、こっちはあくまで自分の趣味です。モンスター料理に抵抗があるのでしたら、普通の料理もできます」

そう言うと、三木さんは空中に手をかざす。

すると大きな冷蔵庫の扉が出現した。その扉を開くとそこには、お肉や野菜、果物といった様々な食材が収納されていた。

「『料理人』のスキルの一つ『食材収納』です。食料や飲み物、調味料限定になりますが、こんな感じに不思議な空間に食料を収納できるんです。中は二層になっていて、冷蔵、冷凍を選べます。通常の冷蔵庫より長く保存が可能で、三人で毎日三食食べても、一か月は余裕に暮らせる程度の量を収納できますよ」

「そ、それは凄いスキルですね……」

確かにこのスキルがあれば、食料問題という最大の懸念が解消される。

それに私も先輩も料理はからっきしだし、毎日おいしいご飯が食べられるなんて凄く魅力的だ。

「正直、私としては願ったり叶《かな》ったりですが、いいんですか？　多分、凄く危険な旅になりますよ？」

「覚悟の上です。それに、まだ見ぬ食材《モンスター》との出会いも、旅の醍醐味《だいごみ》です」

「……そ、そうですか」

あくまでこの人にとってモンスターは食材なのか……。凄いなぁ。

「先輩やハルさんたちはどう思いますか？」

「私は問題ないよ。栞さんと一緒に旅ができるなら凄く楽しそうだし」

「みゃーう♪」

「ミャァー♪」

先輩も、ハルさんもメアさんも異論は無いようだ。というか、ハルさんとメアさんはまだお肉を食べてる辺り、完全に胃袋を掴まれてる。食欲には勝てないよね。

「……分かりました。それじゃあ、これからよろしくお願いします」

「こちらこそ、迷惑にならないよう精一杯務めさせていただきます」

こうして私たちのパーティーに新たなメンバーが加わった。

三木栞さん、28歳、職業『料理人』。

モンスターを料理するちょっと変わった人だけど、これから仲良くなれると良いな。

さっそくパーティーメンバーの項目を確認する

パーティーメンバー
ハル　猫又　LV7
ヤシマシチミ　LV13
ナイトメア　LV8
ミキシオリ　LV6

三木さんはLV6か。

先輩がベヒモスで大量の経験値を獲得するまでLV7か8くらいだったことを考えると、彼女もかなりモンスターと戦ってきたということになる。

「……皆さん、レベル高いですね。驚きました」

「こっちこそ驚きましたよ。私たちと違って戦闘向きの職業じゃないのにこれだけレベル上げてるなんて……」

「そんなことないですよ。コツさえつかめば意外と何とかなります。命を頂くんですから、なるべく苦しまないように殺そうと工夫してるうちに……こう、刃を入れる角度とか、筋の断ち方とか分かってきまして」

「そ、そうですか……」

この人、マジでモンスターを食材としか見ていないようだ。凄いなぁ。

「そういえば、三木さんは――」

「栞でいいですよ。自分も九条さんのことは、あやめさんって呼ばせてください」

「分かりました。それで栞さんはどうやってここに？　流石に徒歩ではないですよね？」

「バイクです。向こうに置いてあります」

栞さんが指差した先にはオフロードバイクが置いてあった。

ますますギャップが凄い。

その後、お互いのスキルやステータスについて確認し合う。

栞さんは私やハルさんが固有スキルを持ってることや、先輩が魔物特化のスキルを持ってることに凄く驚いた。

どうやら彼女の『鑑定』で分かるのは名前や種族名、一部のステータスだけらしく、スキルまでは分からなかったらしい。ドヤ顔で自分のスキルを説明する先輩が可愛かった。

ちなみに栞さんのステータスはこんな感じだ。

ミキシオリ
LV6
HP：33／33　MP：16／16
力：11　耐久：8　敏捷：8　器用：22　魔力：12　対魔力：6
SP：2
JP：1
職業　料理人LV3
固有スキル　無し
スキル　解体LV3、食材収納LV3、調理器具作成LV3、目利きLV3、急所突きLV2、鑑定LV2、危機感知LV2、悪食LV4、免疫LV4

やっぱり料理人だけあって、調理に関するスキルが多い。

ステータス的には私や先輩よりもかなり低いけど、戦闘系じゃない職業とスキルを考えれば高い方だと思う。

あと前半のスキルは分かるけど、最後の悪食と免疫って……。これはつまりそういうことだよね？　しかも職業スキルよりもレベルが高いし、多分SP《スキルポイント》じゃなくて、熟練度によるレベルアップだよね？　じゃなきゃSP《スキルポイント》の計算が合わないし……。どんだけモンスター食べたんだこの人……。

《スキル『悪食』》
《毒性の高い食材、人体に有害な物を食した際、一定確率で取得できる》
《LVが高いほど、本来食用に適さない物も食べることができる上、栄養《エネルギー》に変換することができる》
《スキル『免疫』》
《毒性の高い食材、人体に有害なものを食した際、一定確率で取得できる》
《LVが高いほど、危険性の高い毒物にも耐えることができる。毒物に対する致死量が上がる》
検索さんがスキルの補足をしてくれる。字面《じづら》でなんとなく予想できたけど、その通りのスキルだった。
琹さんはえっへんと胸を張る。
「いろいろ食べました」
「ソウデスカ……」
詳しくは聞かないでおこう。
「そ、それじゃあそろそろ移動しますか」
「そうですね。では私が町まで先導するので付いて来てください。流石に、メアさんに三人で乗るのはきついでしょうし、なるべく人気のないルートを通るようにしますので」
「ありがとうございます。助かります」
『ミャァー♪』
チョコ◯に擬態したメアさんに跨り、琹さんの後を走る。

スピードを抑えてくれているとはいえ、バイクに追従できるメアさんは凄いです。

「それにしても町に着いたら、どこかでお風呂《ふろ》入れるところないかなぁ……。髪もべたべただし、体も洗いたいよぅ……」

「そうですね……」

モンスターが世界にあふれてもう四日目だ。状況が状況なので仕方ないとはいえ、体を洗えないのは本当にキツイ。お風呂は無理でも、せめてシャワーか、水浴びでもしたいなぁ。

(……臭くないよね?)

自分の匂いを確認する。

一応、替えの下着も何着かはリュックに入ってるけど、洗濯も碌《ろく》にできてない。

栞さんが仲間になってくれて食糧問題は解決したけど、まだまだ生活面で問題になる部分は多い。主にお風呂とか寝床とか。

あーあ、そういうのを解決できる便利なアイテムとかないだろうか?

《――ありますー》

すると検索さんから回答があった。え、本当に?

《アイテム名『シェルハウス』》

《砂浜に生息するアル・コラレというモンスターからドロップ可能なアイテムです》

《手のひらに乗るほどの小さな巻き貝ですが、中が異空間になっており、自分だけの部屋を作ることが可能です。またシェルハウスには『認識阻害』が付与されており、中に入っている最中に敵に

襲われることはまずありません。あと風呂や寝床も制作可能です》

そ、そんな便利なアイテムがあるんだ……。

もしこのアイテムを手に入れることができれば、これからの旅がぐっと楽になる。

検索さん、そのアイテム――じゃないな、そのアル・コラレってモンスターはどのあたりにいるんですか？　この周辺にいれば最高なんだけど……。

《ここからおよそ北東へ七十キロ向かった先にある梅津寺《ばいしんじ》海岸に多数生息しています》

え、本当？　なんて幸運なんだろう。

……ちなみに、そのモンスターって私たちで倒せますか？

《アル・コラレの討伐推奨ＬＶは５～６ほどです。火、雷属性の攻撃か斬撃が有効です》

私たちにとってこれ以上ないくらい相性のいいモンスターだった。

よし、決めた。そのモンスターを狩ろう。私たちの今後の寝床――『シェルハウス』を手に入れるんだ。そうすればお風呂に入れる……。絶対に手に入れてみせる。

「ふふ、ふふふ……」

「どうしたの、あやめちゃん？　顔がすごく気持ち悪いよ？」

「ひどい⁉」

そんなに気持ち悪い笑み浮かべてた？　私はただお風呂に入れるのが嬉しいだけなのに！

「実は今、検索さんから良い情報が手に入ったんですよ。栞さーん、ちょっと止まってくれますか？」

「……？」

栞さんにバイクを停止してもらい、私は二人に今しがたの情報を話した。

「ほ、本当？　そんな凄いアイテムがあるの？」

「はい、本当です。なので、松山市に着いたらそのモンスターがいる梅津寺海岸に向かうべきかと」

「や、やったー！　お風呂！　お風呂に入れる！」

よほど嬉しかったのか、先輩はその場でコマみたいにくるくると回る。ちっちゃい可愛い。

「ちなみにあやめさん、そのアル・コラレってモンスターは食べ――」

「アル・コラレは珊瑚《さんご》のモンスターなので、食べられないらしいです」

「………そうですか」

食べられないと分かって、栞さんは分かりやすく落ち込んだ。

いや、仮に食べれるとしても食べないからね？

ともかくこれは急いで松山市に向かわなければ。

モンスターとの戦闘を避けて、上手く移動できれば今日中にはたどり着けるはず。

「よーし、それじゃあ松山市に向けてレッツゴーです！」

「「おー」」「みゃぁー」『ミャァー』

目指すは松山市、梅津寺海岸！

そこで私たちの寝床となるアイテム『シェルハウス』を手に入れる。

期待に胸を高鳴らせ、私たちは目的地へ向かった。

……でもできることならリヴァイアサンには遭遇しませんように。

●

移動中は何度かモンスターとの戦闘になったものの、特に危ない場面も無く切り抜けることができた。

「初めて見るモンスターも多かったねー」

「そうですね。あの影を操るモンスターはなかなか強敵でした」

シャドウ・ウルフという影を操るモンスターは初めて見るモンスターだったけど、ハルさんとメアさんのおかげで楽に倒すことができた。

というのも、メアさんは『霧』のモンスターなので、シャドウ・ウルフが『影』を這《は》わせることができなかったのだ。何度も『影』を這わせようとしても、その度にメアさんの体が霧散するという無限ループ。その隙《すき》にハルさんが幻惑スキルを使い、シャドウ・ウルフは混乱。最後に私がソウルイーターで倒して終了。非常に楽な戦闘だった。

とはいえ、それは相手が単体だったからこそ楽だったわけで、もし群れで襲い掛かって来られたらかなり苦戦したと思う。

それともう一つ。栞さんが仲間になったことにより、モンスターとの戦いで変化があった。

「あ、またモンスターです」

「今度はニワトリみたいなモンスターだね」
現れたのは体長一メートルほどのニワトリのような姿をしたモンスターだ。ただ普通のニワトリと違い、尻尾が蛇みたいになってる。
《モンスター『レッサー・コカトリス』について》
《ニワトリの姿をしたモンスター。ステータスは敏捷がやや高いが、知能が低く動きは単調。尻尾の蛇に噛まれると、噛まれた部位から体が徐々に石化する。石化する前にコカトリスを倒せば石化は解除される》
せ、石化？　なにそれ、凄く怖い。
それじゃあ、距離をとって先輩に倒してもらおうか？　いや、逃げた方がいいのかな？
《レッサー・コカトリスの石化は自分とレベルが同じか、低い相手にしか効果はありません。現時点でパーティーメンバー全員がコカトリスよりレベルが上なので逃走ではなく戦闘を推奨します》
え、そうなの？　試しにレッサー・コカトリスを鑑定してみる。

レッサー・コカトリス
LV3
HP：10／10　MP：3／3
力：7　耐久：4　敏捷：10　器用：1　魔力：9　対魔力：0
SP《スキルポイント》：6

スキル　石化LV1、噛みつきLV2

あ、私たちより全然弱い。

ステータスもかなり低いし、スキルも二つしかない。

相手のレベルが低いと、『鑑定』で全部見えるんだね。ともかくこれなら大丈夫そうだ。

私はメアさんから降りて、ソウルイーターを構える。落ち着いてよく見れば、動きもそれほど早くない。これなら大丈夫そうだ。

「コケーーー」

「えいっ」

一気に接近して、レッサー・コカトリスの首を刎《は》ねる。

《経験値を獲得しました》

頭の中に流れるアナウンス。危なげなく勝つことができた。

そして私はピクピクと痙攣《けいれん》する首なしとなったレッサー・コカトリスの『死体』を見つめる。

「うぅ……グロい……」

これが栞さんが仲間になったことで起きた変化だ。

今まではモンスターを倒せば、魔石を残してモンスターの死体は消えていた。だが栞さん――正確には『料理人』が仲間にいる場合、モンスターの死体は消えずに残るようになるのだ。

検索さんによれば、これはスキルではなく職業による補正らしい。

「栞さん、後はお願いします」

「了解しました。――『解体』」

栞さんはレッサー・コカトリスの死体に近づくと手をかざす。

するとあっという間に死体が部位ごとに切り分けられ、スーパーで並ぶような肉塊《にくかい》へと変化する。

ついでに魔石も血や汚れも付いていない綺麗な状態で分離されていた。

「何度見ても便利なスキルですね」

「『解体』はあくまで死体にしか使えませんけどね。でもいちいち解体する手間も省けるので凄く助かってます」

この短期間の間に、栞さんがどうやって倒せば消えるはずのモンスターを大量に食べていたのか、その理由がようやく分かった。

栞さんはレッサー・コカトリスの肉塊を食料庫に収納する。魔石はハルさんが食べた。

「それにしてももうすぐ海岸に着きますけど、全然人が見当たりませんね。おかげで人目を気にせずスムーズに移動できましたけど」

「そうだよね。モンスターはそこそこ多かったけど、あんまり人は見なかったね」

「多分、どこかに逃げてるか、隠れてるんじゃないですか？　念のため、検索さんに頼んで、人気の少ないルートを通っていますし。……流石に突然人が消えるなんてことはないでしょう」

疑問を口にする栞さんと先輩に、私はそう答える。

「そうですよね。うーん、なんか気になりますが、気にしてもしょうがない気もしますし……」

「だよね」

「そうですよ。確かに大分市でも妙に人は少なかった気はしますが、別に気にすることでもないと思います」

なんというか、それほど問題じゃないと思うんだよね。考えても仕方ないし、疑問に思うことでもない気がする。

《――――》

一瞬、検索さんが何かを言いたそうな気配を感じたけど、気のせいだろう。

検索さんって基本、私が疑問に思ったことにしか答えてくれないし。疑問に思わない程度の些細なことでしかないということだ。

――後から考えれば、この時の私たちは相当不自然な会話をしていたのだが、それに気付くことはできなかった。

その理由を知ったのはずっと後になってからだ。

●

「あ、例の海岸に着きましたよ」

栞さんのバイクが先行する形で、私たちは梅津寺海岸に辿り着く。

「今の時間は――午後三時ですか。十分時間はありますね。さっそくアル・コラレを探しましょう」

「……でも見た感じモンスターの姿は全然見当たらないよ？　どこにいるんだろ？」

「ちょっと待ってください。今調べてみます」

検索さん、アル・コラレってどんな見た目で、どんな場所にいるんですか？

《アル・コラレは卵に珊瑚が生えたような見た目をしています。夜行性で日中は砂の中に潜り、夜になると活動を開始します》

ふむふむ、なるほど。今はまだ日中ですけど、どうやってアル・コラレを見つければいいんですか？

《引く潮に沿って歩くと、砂が少し盛り上がっている場所があります。その砂山の周囲に白い角が生えていれば、それがアル・コラレです。アル・コラレは塩を好むので、この白い角に塩を振りかければ自分から姿を現します》

……そんな潮干狩りみたいな方法でいいんだ……。

私は先輩と栞さんに今の情報を伝える。

「潮干狩りみたいだね」

「ですね」

二人も私と同じ感想だった。

さっそく海岸線を歩く。すると、確かに砂が盛り上がっている箇所があちこちにあった。更にそこから白い棒状のものが僅かに伸びている。

ここまで近づいても気配を感じないってことは、おそらくアル・コラレは潜伏系のスキルを持っているのだろう。私はさっそく栞さんに貰った塩を、白い角に振りかける。

「ピ～～～～～～～～♪」

すると砂の中から体長五十センチほどの小さなモンスターが姿を現した。

確かに検索さんの言った通り、卵に無数の枝珊瑚が生えたような見た目をしていた。色は全体的にピンクがかってて、ちょっと愛嬌《あいきょう》のある見た目だった。

「ピ～♪　ピピ～～♪」

アル・コラレは大好物の塩を振りかけられて嬉しいのか、その場をぴょんぴょんと飛び回ってる。

私に襲い掛かってくる気配もない。

「……ちょっと可愛いかも」

妙に愛嬌のある姿に私は思わずほっこりしてしまう。

「みゃぅ」

するとハルさんが飛び掛かり、その爪《つめ》をアル・コラレに突き立てる。ぺし、ぺし、ぺしと数回ひっかくと、あっさりとアル・コラレは絶命した。

「……」

「みゃぁー♪」

ハルさんは、どう、凄い？　褒《ほ》めて褒めてとキラキラした視線を向けてくる。

「す、凄いね、ハルさん！　偉いよー」

「みゃーう♪　ふみゃー♪」

活躍できてハルさんはとても嬉しそうだった。

うん、なにも言うまい。どの道、倒さなきゃいけないんだし。

「あやめちゃーん、こっちにもいたよー」

「私も見つけました」

見れば、先輩や栞さんもアル・コラレを発見していた。それも五匹もいるではないか。

私の時と同じように、二人の周りをぴょんぴょんと飛び回っている。

「えいっ」

「ピィ……ッ！」

私とは違って、栞さんはサクサクとアル・コラレを仕留めてゆく。完全に割り切ってる。

というか、アル・コラレたちは全然抵抗しないんだけど、何でだろう？

《アル・コラレは攻撃系のスキルを持ちません。防御・潜伏系のスキルのみ保有しています。また塩を振りかけた場合、食事に夢中になり防御スキルを展開することもありません》

じゃあ、あのぴょんぴょん飛び跳ねてるのって、アル・コラレの食事スタイルなんだ。食事に夢中で、敵に目が向かないって……。なんというか、モンスターとしてそれでいいのかと思ってしまった。

《――追記》

ん？

《アル・コラレは非常に弱いモンスターですが、その分繁殖力に優れています。そのため、一匹見

つければ、十匹はいると言われています》

なんかその説明、前も聞いたことあるような気がする。あれだ。レッサー・キャタピラーの時にも同じ説明してましたね。でも今回は虫じゃないので全然問題ないですよ。

《――さらに追記》

え？　まだ何かあるの？

《アル・コラレは絶命した際、特殊な音波で仲間に危機を知らせます。そして周囲の仲間同士で融合し、ギガント・アル・コラレと呼ばれる特殊個体に変化して敵を迎撃しようとします》

へぇーなるほど、ただの弱いモンスターじゃなくて、ちゃんと野生で生き延びるための方法があるんだね。

……で、検索さん。どうして今それを説明したんですか？

なんかもう、嫌な予感しかしないんですけど……。

「きゃあああああああ！　あやめちゃん！　あやめちゃーん！　なんかアル・コラレ同士がくっついてすっごいでっかくなったよおおおおー！」

「と、とんでもないデカさですね。包丁も全然利《き》きません。どうしましょう？」

振り向けば、そこには見上げるほどの大きさとなったアル・コラレ改めギガント・アル・コラレに追われる先輩と栞さんの姿があった。

「そういうことは最初に言ってよーっ！」

聞かなかったから答えませんでした、という検索さんのツッコミを聞きながら、私はギガント・

アル・コラレへと向かってゆくのだった。

●

その後、ギガント・アル・コラレを何とか撃破することができたのだが、当然一匹だけでは終わらず、更に十体以上のギガント・アル・コラレと戦う羽目になった。

大変だったのは、倒した後だった。

ギガント・アル・コラレは無数のアル・コラレの集合体。そして『料理人』の栞さんがパーティーメンバーにいることで、海岸は無数のアル・コラレの残骸《ざんがい》で埋め尽くされてしまったのだ。魔石やドロップアイテムであるシェルハウスを探すのも一苦労だった。

陽《ひ》が落ちる頃《ころ》、ようやく私たちは残骸の中からシェルハウスを見つけることができた。というか、ちゃんとドロップしてて良かった。もしドロップしてなければ完全に無駄骨になるところだった。まあ、レベルも上がったしよしとしよう。

「やったー！　これで安全な寝床が手に入るねー」

「それにお風呂も入れます。よかったぁ……」

シェルハウスは小さな巻き貝のような形をしていた。本当にこれが私たちの寝床になるのだろうか？

「もう辺りも暗くなってますし、早速使ってみましょう」

「うん」

「楽しみですね」

「みゃぁー」「……ミャウ」

皆も喜んで――あれ？　なんかメアさんだけちょっと元気がないぞ？

どうしたのだろうかとメアさんの方を見れば、どこか一点を見つめている。

視線の先には何もない。メアさんは何かをじぃっと見つめた後、小さなお手てで砂をポンポンと叩《たた》いている。

「……メアさん、どうしたの？」

「ミャァ！　ミャゥー♪」

私が話しかけると、メアさんはこちらを勢いよく振り向いて、元気よく返事をした。なんか凄く嬉しそうだ。一体どうしたのだろうか？

ひょいっと抱えてみると、メアさんはピーンと手を伸ばして「ミャァ」と鳴いた。うん、可愛い。

……とりあえず、何ともなさそうだし問題ないか。それより今は早くシェルハウスを試してみたい。

えーっと、検索さん、シェルハウスを使うにはどうすればいいんですか？

《スキルと同じように頭の中で念じれば中に入れます。その際、パーティーメンバーも一緒に中に入れたい場合は、体に触れていれば一緒に入ることができます》

なるほど、了解です。私は先輩と、栞さんに触れてもらう。

「念のためにハルさんとメアさんは外で待っててもらえるかな？　大丈夫だったらすぐに迎えに来るから」

「みゃぁー」

「ミャゥ」

ハルさんとメアさんは「分かったー」と頷いてくれた。

それじゃあ、いよいよシェルハウスを使ってみよう。中に入りたいと念じてみると、手に持った貝が僅かに光り、私たちは中に吸い込まれた。


「これは……何もないですね」

「だね。入口とか出口も無いよ……？　どうやって出るのこれ？」

「台所や流し台もないです」

三人で周囲を見回す。

シェルハウスの中は、何もない真っ白な空間だった。広さは六畳ほどだろうか。天井《てんじょう》も普通のアパートと同じくらいの高さだ。でも窓もなく、外の景色も見えない。

「えーっと、検索さんによれば出たい時は、出たいと念じれば出られるみたいです」

私が試しに出たいと念じてみると、私は一瞬で外に出た。

「みゃっ!?」

「ミャアー!?」

突然現れた私に、ハルさんとメアさんはびっくりしている。

「あれ？　シェルハウスが無い……？　どこに――あ、あった」

手に持っていたはずのシェルハウスは足元に転がっていた。多分、私たちが中に入った瞬間、地面に落ちたのだろう。

「あ、ホントに出られた」

「おおー、これは面白《おもしろ》いですね」

先輩と栞さんも一旦《いったん》、外に出てきたようだ。三人とも出入りができることを確認できたので、もう一度シェルハウスに戻る。

「大丈夫そうだね。それじゃあ、今度はハルさんとメアさんも一緒に入ろうか？」

「みゃ♪」「ミャァー♪」

二匹とも嬉しそうに私に体をくっつけてくると、栞さんが「ちょっと待ってください」と待ったをかけた。

「念のため、その二匹にはまだ外にいてもらいましょう。先ほど見た感じだと、シェルハウスは中から外の様子を確認できません。なので、見張り役として誰かが外にいてもらった方が良いと思います」

「あ、確かにそうですね」

仮にモンスターが近づいて来たとしても、誰かが外にいればすぐに気付けるし、そのままシェルハウスを持って逃げることもできる。

「ごめんね、ハルさん、メアさん。もう少しだけ、お外で待っててくれるかな?」

「みゃぁ」「ミャウー」

再び「分かったー」と頷く猫、二匹。ただ今度は、私の裾《すそ》に爪をひっかけながら、「できるだけ早く帰って来てね?」と猛アピール。ぐっ……あざと可愛い。もう少しだけ待っててね。

というわけで、二匹を残して、私たちは再びシェルハウスの中に入る。すると今度は頭の中にアナウンスが流れた。

《部屋の設定を行ってください》

「部屋の設定……?」

目の前にステータス画面に似たものが現れる。

『シェルハウス設定項目』
インフラ設備
部屋の拡張・増築
家具・インテリアの配置

どうやらこれを使って部屋の中をアレンジするようだ。

「先輩、栞さん、ちょっと良いですか?」

「ん、どうしたの、あやめちゃん?」

「何か見つかりましたか？」

私は二人に今しがたの出来事を説明する。

二人にも同じような画面が現れないか確認したが、二人は首を横に振った。

「これってあやめちゃんがシェルハウスの持ち主ってことになってるのかな？」

「確かに、最初にシェルハウスに触れたのはあやめさんですし、その可能性は高いですね。とりあえずいろいろ調べてみては？」

「そうですね。ちょっと待ってください」

栞さんに言われ、各項目を調べてみる。ついでに検索さんにも確認してもらい、それぞれの内容が判明した。

『インフラ設備』はシェルハウス内で電気、ガス、水道などが使えるようになる。

『部屋の拡張・増築』はシェルハウス内の部屋を広くしたり、部屋数を増やすことができるようだ。

『家具・インテリアの配置』はシェルハウス内で使える家具やインテリアを作成することができるらしい。

字面の通りだったけど、これって想像以上に凄いことだよね？

外の世界では使えない電気とかガスも使える上、テーブルや椅子《いす》、トイレにお風呂、ベッドなんかも、シェルハウス内限定とはいえ生成することができるのだ。シェルハウス凄い。先輩たちも感心した様子で聞き入っている。

「はぁー、凄いね。でもどうやって部屋を増やしたり、電気が使えるようになるの？」

「えーっと、設備を充実させるには魔石が必要みたいですね」

例えば電気なら魔石（極小）×10が必要になる。

部屋の拡張なら一坪広げるのに魔石（極小）×5、家具についてはテーブル（四人掛け）なら魔石（極小）×3といった具合に魔石が必要になるらしい。

電気とかガスがどこから供給されてるのか分からないけど、その辺はたぶんスキルとかと同じ仕様なんだろう。不思議設定なんだから、疑問に思っちゃいけない。

「魔石ならさっきのアル・コラレの分が結構あるよ」

先輩はリュックから魔石の入った袋を取り出す。

ハルさんたちには悪いけど、今回はこっちに使わせてもらおう。

「あ、自分も今まで倒したモンスターの魔石は捨てずにとってありますので、もしよかったら使ってください」

「本当ですか、ありがとうございます」

栞さんも魔石を取っておいてくれたのは僥倖《ぎょうこう》だ。しかもかなりの量だった。

二人から頂いた魔石を画面に近づけると、魔石は光の粒子となって消えた。

《魔石が補充されました》

《現在ストックされている魔石は『ゴブリンの魔石（極小）×15』、『ワームの魔石（極小）×33』、『マイコニドの魔石（極小）×10』、『ウルフの魔石（極小）×2』、『スライムの魔石（極小）×8』、『スケルトンの魔石（極小）×5』、『アル・コラレの魔石（極小）』×37です》

《全て魔石（極小）に分類されます》

《魔石（極小）は現在110個あります。使用しますか？》

頭の中にアナウンスが響く。

どうやらこれでシェルハウスの設定をいじれるようになったようだ。

「これだけあれば、かなりの設備を拡張できますね。水道、電気、ガスは決定として、お二人の希望はありますか？」

「私、お風呂！　お風呂に入りたい！」

「自分は可能であればキッチンをお願いしたいです」

二人のリクエストを聞きながら、必要な魔石の数を計算する。

「えーっと、必要な魔石の数は『お風呂』が40、『キッチン』が30、あ、それとトイレも必要ですよね。『トイレ』が10。それと水道、電気、ガス10ずつ必要……うん、ギリギリ足りますね」

私の言葉に二人はぱぁっと笑顔になる。

やったー♪　と両手を合わせる先輩と栞さん、可愛い。

「久々にお風呂に入れますね」

さっそくそれぞれの項目を選択する。

すると四畳ほどの広さのキッチンと、別の部屋に通じる扉が二つ現れた。

一つ目の扉を開けてみると、中には清潔感漂うバスルームが広がっているではないか。

「うわぁー凄い、脱衣所もちゃんとあるし、洗面台やシャワーも付いてるよっ」

「三人一緒でも入れるくらい広いですね……。あ、シャンプーとリンス、石鹸《せっけん》までありま す。至れり尽くせりですね」

「あ、シャンプーや石鹸は初回サービスみたいで、次回からは補充する必要があるらしいです」

ちなみに追加でサウナ、水風呂、ジャグジーなんかも増設可能だそうだ。綿棒やティッシュ、扇風機やドライヤーなど、アメニティに関する充実っぷりも凄い。

「トイレの方は……あ、良かった洋式だ」

トイレの方も確認してみたが、洋式トイレだった。

ちゃんと換気扇も付いてるし、お風呂と同じように初回特典でトイレットペーパーも付いている。

次にキッチンを確認する。

こちらは栞さんがしっかりと確認を行った。

「ほほぅ、ガス式コンロが三つですか。大したものですね。火力は十分、調理台も奥行きがあり、たっぷりと水が使えるシンクも及第点です。換気扇も業務用で使われるのと似ていますし、ふふふ……、これは腕が鳴りますね」

増設されたキッチンを確認して、栞さんがメラメラと燃えていた。

嬉しいのは分かるけど、モンスター料理はできるだけ控えて欲しいです。

「ちなみにシェルハウスは中の設備を充実させればスキルみたいにレベルが上がって、できることが増えていくみたいです」

「ホントー、うわぁー楽しみ」

笑顔ではしゃぐ先輩可愛い。

「町づくりならぬ、家づくりですね。モンスターを倒して素材を集めて家を拡張させる……本当にゲームみたいですね」

「あ、確かにそうかもしれません」

栞さんの意見に、私も頷く。

「それじゃあ今日はもう遅いですし、お風呂沸かしてご飯にしますか」

「賛成ー♪」

「じゃあ自分は晩ご飯作るので、お風呂はお二人からどうぞ」

「よろしくお願いします」

お風呂を沸かしている間に、私は一旦シェルハウスの外に出て、ハルさんとメアさんを迎えに行く。

「ハルさーん、メアさーん、お待たせしてごめんねー」

「みゃーぅ」

「ミャッ」

ハルさんとメアさんは「気にしないでー」と足元にすり寄ってくる。凄く可愛い。

「それにしても、これ本当に凄いアイテムだよね……」

私は足元にあるシェルハウスを持ち上げる。

手のひらに載るほどのこんな小さな巻き貝なのに、中にはあんな凄い空間が広がってる。

おまけに『認識阻害』が掛かっているから、モンスターに襲われる心配もない。

旅の拠点としてこれ以上ない便利アイテムだ。

「……念のためにどこか目立たない場所においておいた方が良いよね」

いくらモンスターに襲われる心配が無いとはいえ、万が一には備えないといけない。

あくまで『認識されない』だけで、モンスター同士の戦闘や自然災害とかに巻き込まれれば、その被害は防げないからだ。

私はシェルハウスを海岸から少し離れた人気のない場所に置くと、周囲に人がいないことを確認してから、ハルさんたちと共に再び中に入った。

するとキッチンからいい匂いが漂ってきた。

「おかえりなさいです。少し揺れましたが、外で何かありましたか？」

「あ、すいません。ちょっと人気のない所にシェルハウスを移動させました」

「ああなるほど、それはその方が良いでしょうね。安全第一ですから」

「外の振動とかは中に伝わってるんですね」

「はい。でもあやめさんやハルさんたちの声までは届いてませんでしたよ？」

声までは届かないのか。もしかしたらその辺は設定でいろいろ追加できるのかもしれない。

シェルハウスの中からだと外の様子も確認できないし、増築の項目で『窓設置』というのが画像つきであった。一番小さい窓でも魔石（極小）が十個必用だけど、これはできるだけ早めに設置しよう。明日以降は頑張ってモンスターを倒さなきゃ。

「あー、さっぱりしたー♪　お風呂空いたよー」

先輩は一番風呂を堪能《たんのう》したらしい。体からほかほかと湯気が立ってる。

「じゃあ次は私が入らせてもらいますね」

「うん、凄く良いお湯だったよ。明日は一緒に入ろうねー♪」

「はいはい、分かりましたから、ちゃんと頭拭《ふ》いてくださいね」

「むふー♪」

よほど機嫌がいいのか、先輩は私にされるがままになっている。

先輩の髪をドライヤーで乾かしてあげてると、栞さんがくすくすと笑った。

「なんだか仲のいい姉妹みたいですね」

「じゃあ先輩が妹ですね」

「私の方が年上だよっ⁉」

納得いかなーいとじたばたする先輩はとても年上には見えないです、はい。

「それじゃあ、私もお風呂に入らせてもらいますね。ハルさんも入る？」

「みゃぁー♪」

ハルさんは猫だけどお風呂が全然嫌じゃないんだよね。綺麗好きなのか、率先して入りたがる。

「ミャゥ……？」

一方で、メアさんはお風呂が何か分かっていないようで首を傾げている。ナイトメアってお風呂に入れても問題ないよね？

「せっかくだし一緒に入る？」

「ミャァー♪」

良く分からないけど、とりあえず嬉しそうに頷くメアさん。

ふふふ、初めてのお風呂。どんな反応を見せるかのう？

私はハルさんとメアさんを抱きかかえ、久々のお風呂場へ向かう。

「……？　ミャァ？　ミャァー？」

「はい、メアさん。大人しくしてるんですよー」

頭に疑問符を浮かべるメアさんの横で私は手際よく準備を進める。

そして――

「ミャゥ……？　ミャ、ミャァ？　フミャァアアアアアアアアアアアアア⁉」

以上が、お風呂場に入る、石鹼で泡立てられる、お湯を掛けられるまでのメアさんのリアクションである。どうやらメアさんはお風呂が苦手だったようだ。

「ふみゃぁ～……みゃぅー♪」

一方でハルさんはお湯を張った洗面器の中に入って気持ちよさそうに目を細めていた。

器用にふちに手と頭を乗せて、ぷかぷか浮かんで楽しそうである。というか、見た目が凄くおっさん臭い。まあ、それも可愛いけどね。

「あ～～、生き返る～……」

私も久々のお風呂を堪能させてもらった。温かいお湯につかるのってなんでこんなに気持ちいい

んだろう。じんわりと体が温まっていく感覚が本当に気持ちいい。このままここで寝てしまいそうなくらいだ。

「はぁ～初回特典でシャンプーやリンスがあってよかった。髪もかなりベトベトになっていたから助かったよ」

「ふみゃぁ～♪」

「フミィ……ミィィィ……」

そんなリラックスモードの私とハルさんを尻目《しりめ》に、メアさんは終始バスルームの隅で震えていた。

それでも逃げ出さなかったのは立派だと思います。

お風呂上がりには、ハルさんとメアさんは二匹仲良くタオル猫になった。タオルに包まれた猫ってなんであんなに可愛いんだろうね？　おもわず髪を乾かすのもそっちのけで、スマホで撮影しまくってしまった。シェルハウスの電気のおかげで、スマホの充電もばっちりです。

「晩ご飯ができましたよ。皆で食べましょう」

「「はーい♪」」

「みゃぁー♪」「ミャゥー♪」

琹さんの作った夕食はカレーだった。

これがまた絶品で、香ばしいスパイスが食欲をそそり、ほどよい辛《から》さとコクが堪《たま》らない。しかもご飯だけじゃなく、手作りのナンまで用意してくれてこれがモチモチのふわっふわで最高だった。

……ちなみに具は普通の鶏肉と野菜を使ってあるみたいです。

ハルさんたちも栞さん手作りのキャットフードを食べてご機嫌だった。

そして食べ終わると、あっという間に睡魔が襲ってくる。もう今日はこのまま寝ちゃおう。

「はぁー、普通にご飯が食べれて、普通に眠れるだけでこんな幸せだなんて思わなかったなぁ」

「だよねー」

「自分もこんな生活ができると思っていなかったので、お二人に出会えて良かったです」

やっぱり生活の基盤は大事だよね。美味しいご飯と温かいお風呂のおかげで、また明日も頑張ろうと思えてくる。

……なんか順調すぎるのが逆に不安だけど、多分何とかなるだろう。そんな風に思いながら、私たちは眠りに就いた。

こうして四国に到着して一日目――世界が変化して四日目の夜が過ぎて行った。

第二章　調子のいい時に難度調節入るゲームはクソゲーです

ピピピとスマホのアラームが鳴る。

時刻は朝六時。とはいえ、シェルハウスの中だと、外の様子が分からないから、その辺の感覚がちょっと曖昧《あいまい》になっちゃうな。やっぱり早く窓を付けよう。

「ふわぁぁ……出発前は無駄な荷物だと思ってたけど、持ってきて良かったなぁ……」

大きく欠伸《あくび》をしながらスマホを開くと、バッテリーは満タン状態。シェルハウス内の電力によって、私たちは再びスマホを使うことができるようになった。インフラで電気を設定した時に、部屋の隅にコンセントも現れたのだ。昨日撮影したハルさんとメアさんのタオル巻き姿もしっかり記録されている。ふふふ、可愛《かわい》い。

「ネットは繋《つな》がんないけど、やっぱりスマホがあれば便利だよね」

今のようにアラームの代わりになるし、時間も確認できる。ネットはつながらないけど、基本機能の時計やカメラ、電卓なんかが使えるだけでも十分役に立つ。

天井《てんじょう》にもコンセントが付いているが、形が違うし、多分照明用だろう。

魔石を使って照明器具を取り付けることもできるが、外から持ち込んだ家電も使えるように設定されているみたい。

まあ、シェルハウス内の明るさは所有者によって調節可能なので、あまり必要ないといえば必要ないけど。

あ、でも明るさを調節できるのは所有者の私だけだし、私が外にいる時に、先輩や栞《シオリ》さんが不便になるかもしれないからやっぱり必要か。

これから一緒に暮らしていくんだし、プライベートな空間も必要になってくるだろう。寝室以外にもいろいろ必要な設備が増えてくるかもしれない。

あと検索さんに、どの程度なら荷物を持ちこめるかというのも調べてもらった。

結論から言えば、シェルハウスに入る時『身に着けている、もしくは体が触れている物』なら持ち込めるようだ。

これってつまり触れてさえいれば、大きな岩やトラックでも持ち込み可能ってことだよね？

でもあんまり大きなものを持ち込んだ場合、内部に収まりきらなくて最悪シェルハウスが破壊されてしまうらしい。あくまで常識の範囲内でってことだね。

ちなみにこのルールは、生物にも当てはまる。

所有者である私以外――先輩や栞さん、ハルさんたちがシェルハウス内に入るためには、私に触れていなければいけない。ただし、出る時は自由に出られることができる。

私以外の人が自由に出入りできるようにするには『共有登録』ってのをしないといけないんだけど、これが結構魔石の消費量が多くて、一人に付き魔石（極小）×１００個は必要になってくる。

他《ほか》の機能も充実させなきゃいけないし、検索さんにスライムやレッサー・キャタピラーみたいに数を稼げるモンスターの場所を調べてもらわなきゃ。……いや、まてよ？　栞さんがパーティーメンバーにいる以上、今後は倒してもモンスターの死体はその場に残り続けるんだよね？　昨日のアル・コラレもそうだったし。そうなれば、レッサー・キャタピラーとかは虫の死骸《しがい》の山がその場に……？　あ、ヤバい。考えただけで鳥肌が……。

栞さんの『解体』があれば、死体の中から魔石を探す手間は省けるけど、残った死体をどうするかは考えないといけないなぁ……。その場に放置していくわけにもいかないし。シェルハウス内に倉庫でも作るべきかな……？　いや、それにしても限度があるか。その辺は、検索さんや皆と相談しながら考えていこう。

ちなみにシェルハウスが破壊された場合、中にいた人や物は外に強制的に排出される仕組みになっているらしい。

「みゃぁー」

「あ、ハルさんもおはよう」

そんなことを考えていると、ハルさんが体を擦《こす》りつけてきた。どうやらハルさんは既に起きていたらしい。

「「「フミャァー」」」

「メアさんもおはよう。良い朝だねぇー」

「フミャー」『ミャアー」『ミィー」

先輩が寝ているベッドからはメアさんの声も聞こえて――ん？　ちょっと待って。今なんか、声が多くなかった？

　声のした方を見ると、そこには三匹の黒猫の姿があった。

「「「……ミィ？」」」

「……メ、メアさんが増えてるーーー!?」

　え、一体どういうこと？　しかもなんか一匹一匹がすっごく小さくなってる。もともと子猫サイズだったけど、今は生後数か月くらいの赤ん坊メアさんだ。

「「「ミゥ……」」」

「はうっ……!?」

　ヤバい、凄《すご》く可愛い。ぷるぷる震えてるのが堪《たま》らない。試しにちょこっと指を三匹のメアさんに近づけると、一匹のメアさんが「フミィ」と噛《か》みついてきた。

　はむはむ可愛い。痛くないよ、全然甘噛み。超可愛い。ヤバい、可愛い。可愛いの交通渋滞。私、可愛いしか言ってない。それくらい可愛い。

「もしかして新しいスキル？　あ、もしかして昨日、あの砂浜をぺしぺししてた時に覚えたの？」

「「「ミィ」」」

　三匹のメアさんはこくこくと頷《うなず》く。かわ、かわ、かわ、お可愛い。

　そういえば、あの時メアさんは変な仕草《しぐさ》をしていた。あれってもしかして私たちみたいにステータスを操作していた動きだったのだろうか？

《その通りです。昨日のアル・コラレとの戦いでナイトメアは『分裂』のスキルを取得しました。

取得したてでレベルが低いため、分裂した際にはより小さい姿になってしまうようです》

検索さん、説明ありがとうございます。

ちなみに私たちも昨日のアル・コラレ戦を経て、レベルが少し上がった。

私がＬＶ22、先輩がＬＶ17、栞さんがＬＶ９、ハルさんが猫又《ねこまた》ＬＶ10だ。栞さんの上がり具合を見ても、やっぱりレベルの低い方が早く上がりやすいんだね。

「なるほどねー。なにはともかく、新しいスキル取得おめでとう、メアさん」

「「「フミィー♪」」」

三匹のメアさんは一斉に私に飛びかかってくる。うぁー可愛いー、どうしようもなく可愛いー。駄目だー、一生このままじゃれていられる。

するとハルさんの不機嫌そうな視線が突き刺さる。

「……ふしゃぁ」

「あ、ハルさん⁉　いや、別にハルさんが嫌いになったわけじゃないよ？」

必死にハルさんを撫《な》でてあげると、ようやく機嫌を直してくれた。

「あ、そういえば先輩と栞さんもそろそろ起こさないと。おーい、先輩、栞さん、起きてください。朝ですよ」

「……もうしょうがないなぁー。これは私がやっておいてあげるよぉ……。えへへ、あやめちゃんは甘えん坊だねぇ……」

先輩、全然起きない。どんな夢見てるのさ？

「おはようございます。ふわぁ～……ん？　何故《なぜ》、メアさんが三匹に？」

栞さんは眼を擦りながら、体を起こすと大きく伸びをする。彼女もすぐに分裂したメアさんに気付いたようだ。

「「「フミィ……？」」」

「……可愛いから、問題ありませんね」

そしてすぐに納得した。分かりみしかない。

その後、先輩も起こして顔を洗った後、栞さんの作ってくれた朝食を食べた。

昨日のカレーも美味《おい》しかったけど、朝食も絶品だった。

炊き立てのご飯に焼き鮭《ざけ》と卵焼き、お味噌汁。ザ・日本食って感じで最高です。

「さて、朝食を食べたので、今日の予定を確認しま――」

「ねえ、見て見て、あやめちゃん！　じゃじゃーん、メアさんたちを土鍋に入れてみたよー♪」

「丁度いいサイズの土鍋があったのですが、予想以上に気に入ってくれたみたいですね」

「「「ミィー♪」」」

何と言うことでしょう。

そこには三匹の子猫が入った土鍋が。三匹のメアさんも凄く気に入っているようで、中に入ってお互いに良い感じのポジションを探してわちゃわちゃしている。心臓が鷲《わし》摑《づか》みにされる。

「ミィ～……ミャウ」

あ、一匹こぼれちゃった。

すると横にいたハルさんが首根っこを咥《くわ》えて、鍋の中に戻してやる。

「ミィ～♪」

「みゃぁ♪」

うわぁー、そのやり取り凄く和《なご》む。普段は甘えん坊なハルさんが子猫メアさんにはしっかり面倒みてあげるの凄く良い。

「……良いですね」

「良い……」

「凄く良いです」

「みゃぁー♪」「「「フミャァ～♪」」」

その後、私たちはしばらくねこ鍋に夢中になるのだった。

こんな殺伐とした世界でも、変わらない癒《い》やしがそこにある。確かにそこにあるんです。

●

というわけで、猫の栄養をたっぷりと摂取したのち、私たちは今日の予定を確認する。

とはいっても、今まで通りできるだけ人気《ひとけ》のない道を通りながら、物資を補給して、モンスターを倒してレベルを上げる。今までと同じだ。ただシェルハウスの機能も充実させたいので、今後はモンスターとの戦闘も増やしていきたい。それもできるだけ魔石を稼げる数の多いモンスターと。

「それじゃあ外の様子を見てきますね」

「うん、お願い」

仕度を終えると、まず私が先行して外に出る。何もないとは思うけど、一応念のためにね。

外に出たいと念じると、私の体が淡く光り、一瞬のうちに外に出ていた。

「うーん、日差しが気持ちいいなぁ……」

シェルハウスの中だと外の様子が分からなかったから、こうして日差しを浴びるとようやく朝だって実感が湧《わ》いてくる。

体を伸ばしていると、勢い余って後ろの壁にぶつかってしまった。おっと、うっかり。

「――って、あれ？　こんなところに壁なんてあったっけ？」

なるべく障害物のない場所を選んだはずだけど……？

振り返って後ろを見てみると、それはとても奇妙な壁であった。

巨大な太い青色のパイプがいくつも重なったような感じで、所々に等間隔で奇妙な棘《とげ》が生えている。しかもパイプの表面を見れば、ザラザラとした魚の鱗《うろこ》のようなモノがびっしりと。そう、まるで巨大な『なにか』がとぐろを巻いているような感じで――

「…………」

私はだらだらと冷や汗を流しながら上を見上げる。

そこには蛇に似た頭があった。その先端にある二つの赤い瞳《ひとみ》が私を見ていた。

「……」

「……」

赤い瞳は何度かぱちぱちと瞬きをする。どうやら向こうも今目覚めたようで、状況がよく飲み込めていない感じ。あれ？　蛇って瞬きしないんじゃなかったっけ？　あー、いやいや、そもそもこれ蛇じゃなくてモンスターだよね。しかもかなり大きくて強そうなやつ。

しかも見た感じの特徴が昨日、栞さんに聞いたとあるモンスターと凄くよく似ている。

……検索さん、検索さん。

《はい、なんですか？》

これ、何ですか？

《――リヴァイアサンです》

なんでここに？

《どうやらここはリヴァイアサンの寝床だったようですね。個体によっては海の底ではなく浜辺に寝床を作ることもあるようです》

…………遭遇確率２％とか言ってませんでした？

《……どうやら私のスキル保有者は相当運が悪いようです》

「私の所為《せい》にしないでよ、もおおおおおおおおおおおおお！」

「……きゅい？」

あ、思わず叫んでしまった。私の声に反応して、リヴァイアサンが首を傾《かし》げる。

「ッ……！」

私はシェルハウスを拾い上げると、一目散に逃走した。

無理、無理、無理。あんなの絶対勝てない。

一目見ただけで分かった。アレは間違いなくベヒモスと同レベルの化物だ。

しかも相手は海のモンスター。この浜辺で私たちがどうにかできるわけがない。

「きゅぃー♪」

すると案の定リヴァイアサンは私を追いかけてきた。砂浜を這《は》うように移動する様は巨大な蛇そのものだ。

「あーもうっ！　順調だと思った矢先にこんなのやだー！　この世界、大っ嫌いだー！」

朝の陽《ひ》ざしと共に、決死の鬼ごっこが幕を開けた。

●

「わあああああああああああああ!!」

「きゅぃー♪」

浜辺を走る私と、それを追いかけるリヴァイアサン。

どうしよう、どうしよう、どうしよう。リヴァイアサンの強さはあのベヒモスと同等かそれ以上。

ベヒモスの時はいくつもの偶然と奇跡、そしてボルさんたちという強力な仲間がいて、ようやく勝利することができた。その化け物と同等の相手――しかも相手に有利な状況でどうにかできるわけがない。
（シェルハウスに避難する……？　いや、それは絶対に駄目だ）
シェルハウスの『認識阻害』はあくまで敵に認識されなくなると言うだけで、シェルハウス自体の存在が消えるわけじゃない。
私がシェルハウスの中に避難すれば、リヴァイアサンは当然周囲を探すだろう。
シェルハウスは小さな巻き貝だ。耐久性もそれほど高いわけじゃない。あの巨体で圧《の》し掛かられれば、簡単に破壊されてしまうだろう。そうなったら、リヴァイアサンに見つかり、万が一逃げ切れたとしても、今後の拠点も失ってしまう。それだけは絶対に駄目だ。
（け、検索さん、リヴァイアサンから逃げる方法か撃退する方法は？　もしくはリヴァイアサンの弱点とかあれば教えてください、早く！）
《――リヴァイアサンに明確な弱点はありません》
無いんですか⁉
《リヴァイアサンは物理攻撃、魔法攻撃どちらも隙《すき》が無く、聴覚も優れています》
《補足すれば、『変換』による『水呪《すいじゅ》』戦法もお薦めはしません》
《リヴァイアサンはベヒモスのように回復系のスキルを持ってはいませんが、代わりに耐性スキルの取得能力が非常に高いのです。いずれかのスキルを『水呪』に変えたとしても、すぐに耐性スキルを取得されてしまうでしょう》
うわぁー、最悪。何その厄介《やっかい》な特性。私たちとは相性最悪だ。

じゃあ、どうにかこの場を切り抜ける方法を教えてください！

《——でしたら》

「あやめさん、先ほどから凄い揺れですが、一体何が——ってえええええええっ⁉」

検索さんが何かを言い終える前に、栞さんがシェルハウスから出てきてしまった。外の様子が気になったのだろう。

栞さんは背後に迫るリヴァイアサンを見て、一気に青ざめ、だが直ぐに状況を理解して私と共に走り始めた。

「きゅ、きゅいー？　……きゅいー♪」

一方で、リヴァイアサンは突然現れた栞さんに驚いて、一瞬だけ動きを止めたが、すぐにまた私たちを追いかけてきた。

「あわわわわ！　なんですか、あれ！　なんでリヴァイアサンがここにいるんですか⁉」

「知らないですよ。なんか偶然、シェルハウスを置いた場所がリヴァイアサンの巣だったみたいです！」

「そんな偶然あります⁉　映画やドラマじゃあるまいしっ」

「あるからこうして追いかけられてるんですよーー！　うわぁぁーーんっ」

涙目になりながら必死に走る。栞さんも頑張って走る。というか、今の私と並行して走れるって何気に栞さん、凄い。

「ち、ちなみに先輩は……」

「七味《シチミ》さんなら朝食のお皿洗いをしてもらっているのでまだ出てこないと思います。というか、私かあやめさんが戻るまで、絶対外に出てこないように伝えてあるので大丈夫です」

「グッジョブ、栞さんっ」

この状況で先輩が出てくれれば絶対に大変なことになる。

でもヤバい、そろそろ息が上がってきた。

「きゅぃー♪」

対してリヴァイアサンは余裕綽々《よゆうしゃくしゃく》で私たちに追従する。

なんで砂浜でもあんなに早く移動できて――あ、よく見たら砂と体が重なる部分に『水』を発生させていた。なるほど、ああすれば水上となんら変わらない速度で移動できるのか。いやいや、感心してる場合じゃない。できるだけ陸地の方へ移動すれば逃げ切れるかもと思ったけど、あんな移動手段があるんじゃ、どこへ逃げても意味がない。どうする？　どうすればいい？

「きゅー♪　きゅきゅーい♪」

ただ不思議なことに攻撃を仕掛けてくる気配はない。……もしかして私たちが疲れるのを待っているのだろうか？　だとすればかなり知恵が回る。

「……ん？　あのリヴァイアサン、もしかして……」

すると栞さんが何かに気付いた。何度か後ろを振り向き、リヴァイアサンの動きを観察している。

「あやめさん、ここは私に任せてください！」

するとあろうことか栞さんは走るのを止め、リヴァイアサンに向き合ったではないか。

「ちょ――栞さんっ⁉」

栞さんは天高く手を掲げる。そして――、

「リヴァイアサン！　これでも食らうのです！」

そう叫んで栞さんは何かをリヴァイアサンに向けて放り投げた。

「ッ……！　きゅいー♪」

するとリヴァイアサンはピタリと動きを止め、栞さんの投げた物の方へと向かう。その先にはゴブリンの死体があった。

「きゅいきゅい♪　あむ、あむ……きゅきゅー い♪」

リヴァイアサンはゴブリンの死体に近づくと夢中で食べ始めた。

「ご、ゴブリンの死体を食べてる……？」

リヴァイアサンは私たちに一切《いっさい》意識を向けること無く、ゴブリンの死体に食らいついている。

よほどお腹《なか》が減っていたのか、あっという間に食べ終えてしまった。

「むむ、もう食べ終えてしまいましたか。それでは追加です。おりゃー！」

その瞬間、栞さんは更にゴブリンの死体を二体、三体と投げつける。

「きゅい！　きゅいー♪　きゅー♪」

放られたそれをリヴァイアサンは嬉《うれ》しそうに食べる。

ぱくぱくと喰《く》いつく姿は、なんというかイルカショーのイルカと飼育員さんみたいだ。

「あやめさん、これはちょっと重いのでお願いしてもいいですか？」

「え、あ、はい……って、うぇ⁉」

栞さんの足元に雑に置かれたそれはオークの死体だった。大柄の力士さんくらいの大きさである。

「う、うう、気持ち悪い……」

た、確かに今の私のステータスならこれでも投げれるけど、それとこれとは話が別だ。

「早くです。その大きさなら、ゴブリンと違ってすぐには食べ終えないはずです。それに気を取られてるうちに逃げましょう」

「う、うぅー……分かりました！　おりゃあああああ！」

私は覚悟を決めて、オークの死体をリヴァイアサンの方へと放り投げる。

足首の部分を持って。ハンマー投げみたいな感じに思いっきりぶん投げた。

「！　きゅいー♪」

オークの死体は良い感じに弧を描いてリヴァイアサンの近くに落下。これにリヴァイアサンは大喜び。夢中でオークの死体に齧《かじ》りついている。

「今のうちです」

「そ、そうですね……」

栞さんの機転でリヴァイアサンの注意を逸らすことができた私たちは、何とかその場を離脱したのだった。

「――ハァ、ハァ……ここまでくれば大丈夫ですかね」

「おそらくは……」

あの後、私と栞さんはリヴァイアサンが見えなくなるとすぐにシェルハウスからメアさんを呼び走ってもらった。

かなり距離を稼げたし、できる限り海沿いから離れたルートを走ってもらったので、流石《さすが》にもう大丈夫だろう。。先輩に事情を説明する時間が無かったので未《いま》だにシェルハウスの中にいてもらったのは申し訳ないけど。後でちゃんと説明します。

「それにしてもどうしてあのリヴァイアサンがお腹を空かせてるって分かったんですか？」

「んー、なんて言えばいいんでしょう……？　何となくあのリヴァイアサンが以前見た時に比べて元気が無いように見えたので……」

「元気がない、ですか……？」

「はい。この世界って、モンスターの死体は基本消滅するじゃないですか。それで餌が取れなくなってお腹を空かせてるんじゃないかって思ったんです。お腹が空いてる時の目って人もモンスターもそれほど変わらないですし」

「そうですかね？　凄い観察力ですね……」

よくあの状況でそこまで冷静に観察できるものだと感心してしまう。

「それじゃあ私は七味さんに事情をお話ししてくるので、あやめさんは外で待っていてもらっていいですか?」
「分かりました」
シェルハウス内から外の様子を確認できない以上、外に誰かいなきゃまたリヴァイアサンの二の舞になってしまう。やっぱり『窓』の設置は急務だね。
《…………》
ふと検索さんの何か言いたげな気配がした。
「あ……」
そういえばすっかり忘れてた。
話の途中で栞さんが割り込んできて、なんやかんや上手《うま》くいっちゃったから、結局検索さんの話を最後まで聞けなかったんだ。
《――無事にリヴァイアサンから逃げ切れたようで何よりです》
あの……検索さん、怒ってます?
《否定》
《そのような感情は持ち合わせていません》
《ですが誰かにものを訊《たず》ねておきながら、その問答を忘れてしまう行為は人としての道義に反すると一般的に定義されます》
ごめんなさい。本当にすいませんでした。
ち、ちなみに検索さんのリヴァイアサンからの逃げ方ってどんな方法だったんですか?

《もうリヴァイアサンから逃げ切った以上、聞く必要はないでしょう》

やっぱり怒ってるよー。

その後、何度も謝ってようやく検索さんは機嫌を直してくれた。

（……それにしても、栞さんじゃないけど、あのリヴァイアサンは確かになんか変だったなぁ……）

多少冷静さが戻って来たおかげか、私は先ほどの逃走劇の不自然さを思い出していた。

あの時、どうしてリヴァイアサンは攻撃をしてこなかったのだろう？

獲物である私たちを弱らせたいなら、追い立てるだけじゃなく、適度に攻撃を仕掛けた方が効果的なはず。

（……よくよく思い返してみれば、あのリヴァイアサンからは『敵意』を感じなかった気がする）

ヤバいと感じていたのは、あくまでモンスターとして規格外の強さを持っていたからであって、私たちに害を成そうとする『悪意』や『敵意』は感じなかった。

（もしかしてただじゃれてただけとか……？　いや、まさかね）

流石にそれは無いだろう。

それに栞さんが機転を利《き》かせてくれなければ、私たちがリヴァイアサンの餌になってたかもしれないんだし。

まあ、無事に逃げ切れたんだし、深く考えるのはよそう。

今後は遭遇しないように細心の注意を払えばいい。

この時の私はそう考えていた。

でも私たちはまたリヴァイアサンと遭遇することになる。

それもお互いが全く望まぬ形で――

●

リヴァイアサンから逃げ切った私たちはシェルハウスの中で一休みしていた。

一応、外にはメアさんを見張り役で待機させているので、何かあればすぐに動けるようになっている。今後も『窓』ができるまでは順番で外の見張りを立てておいた方が良いだろう。

「……やたら揺れると思ったけど、外ではそんなことになってたんだね……」

「すいません、先輩に説明する暇もなくて……」

「いいって別に。そんな状況じゃ、私が出ても状況が悪化するだけだっただろうし。私、足遅いから」

先輩は私たちの説明にあっさりと納得してくれた。

「それにしても偶然リヴァイアサンの巣の近くにシェルハウスを置くなんて、あやめちゃん本当に運が無いね」

「うぅ……自分でもそう思います……」

自分の運の無さが恨《うら》めしい。

でもなんとなくあの時は、あそこは一番シェルハウスを置くのにちょうどいいと思ったんです。

「まあ、過ぎたことを言ってもしょうがないですよ。お茶が入りましたのでどうぞ？」

「ありがとうございます。……わぁ、凄く美味しいですね、これ」

「ラベンダーのハーブティーです。リラックス効果がありストレスを和《やわ》らげてくれますよ」

お茶だけでもこの気遣《きづか》い……。それに淹《い》れ方も素晴らしいのだろう。香りも温度調節も絶妙である。これはプロの仕事ですね……良く分からないけど。

「えーっと、それじゃあルートの確認ですが、海沿いに移動するのは危険だと分かりましたし、今後はできるだけ山沿いのルートを通りましょう。と言っても本州に向かうとなると、どうしてもどこかで海沿いの町に出ちゃいますけど……」

手持ちの地図を広げて、ルートを指でなぞる。

今、私たちがいるのは松山市《まつやま》の隣にある東温市《とうおん》だ。

ここから国道を通って西条市《さいじょう》に向かうか、高知県《こうち》に抜けて土佐市《とさ》や高知市に向かうルートがある。

「あれ？　ここは通れないの？　ほら、この中間にある国道沿い」

先輩が指を差したのは、高知県の土佐町の周辺だ。

確かにここなら山の中だしリヴァイアサンと遭遇する可能性はかなり低いだろう。

だが栞さんが首を横に振る。

「……確かにそのルートならリヴァイアサンとの遭遇は避けれるかもしれませんが、あまりお勧めはしませんね。あのデカい木で道が塞《ふさ》がれてたり、がけ崩れで崩落してる可能性が高いです。山の中で回り道を何度もすれば、海沿いを通るよりも何倍も時間がかかると思います」

「あー、確かにそうだよね……」

「あと正直、自分もその辺のルートはあまり通らないのできちんと案内できる自信が無いです」

栞さんは申し訳なさそうに言う。でもそういうことは正直に言ってもらった方がこっちとしても助かる。

「それじゃあここから西条市に出て、そこからまた道なりで行きますか。できるだけ山沿いに行けばリヴァイアサンともかち合わないでしょうし」

私がそう提案すると、栞さんと先輩も同意する。

「そうですね。それじゃあ、一息ついたらまた出発しましょう」

「おーっ」

ちなみに私たちが話してる間、ハルさんはずっと寝ていた。どんな時でもマイペースなお猫様なのである。まあ、そんなところも可愛いけどね。


外に出た私たちは移動を再開した。

今まで通り栞さんがバイクで先行し、その後ろをメアさんに乗った私と先輩が追従する。

高速道路をバイクとチョ◯ボで走るのはなんか不思議な感じがした。

途中何箇所か例の大きな木で塞がれていたり、崩れていた箇所があったけど大きく遠回りをすることも無く移動することができた。

「……すれ違った人たち凄い顔してたね」

「ですね」

高速道路を移動している最中、私たちは何組かの移動中の人たちとすれ違ったが、皆もれなく驚いた表情を浮かべていた。

「人目は避けるに越したことはないですけど、いちいち気にしてたら切りがないですしね……」

もう二度と会うことも無い人たちだろうし、声を掛けられるわけでもないので普通にスルーした。

流石にモンスターに襲われてたら助けてただろうけどそれも無かった。

道中は何度か、モンスターとの遭遇戦もあった。とはいえ、ゴブリンやマイコニド、レッサー・エイプと言った弱いモンスターがほとんどだ。

「――先輩、お願いしますっ！」

「任せて！　火球《ファイヤーボール》ッ！」

一番手こずったのは、クレイジーエイプかな。

倒せば一定確率で『鑑定』スキルを取得できる猿のモンスターだ。大分市《おおいた》でも戦ったけど、今回遭遇したのは単体ではなく群れだった。

群れはクレイジーエイプだけでなく、以前検索さんが言ってたルーフェ・エイプ、ホブエイプと呼ばれるモンスターも混ざっていた。

ルーフェ・エイプは『叫び』で攻撃する猿のモンスターだ。

クレイジーエイプみたいに『狂化《バーサーク》』は使わなかったけど、耳がキンキンして平衡感覚が狂わされる結構厄介なモンスターだった。

とはいえ、『叫び』そのものの破壊力はほとんど無く、遠距離からの先輩の火魔法で倒すことができた。

ホブエイプは見た目はオランウータンみたいな大型の猿のモンスターだ。

検索さん曰《いわ》く、クレイジーエイプやルーフェ・エイプの上位種に当たるのだと言う。

その証拠に、『叫び』、『狂化』と言った他の猿型モンスターが使ったスキルを全て使うことができた。

正直、かなり強いモンスターだったけど、群れのモンスターを全滅させてから動いてくれたので、以前クレイジーエイプを倒した時に使った魔剣の投擲《とうてき》戦法であっさり倒すことができた。

「最後のお猿のモンスター、なんで群れが全滅するまで動かなかったんだろうね？」

「検索さんに確認したら、ホブエイプは戦いを基本的に群れに任せる習性があるみたいです。なので全滅させない限りは自分から動かないとか」

「……普通に群れと一緒に戦った方が絶対勝てるよね？」

「ですよね」

モンスターの習性という奴《やつ》なのだろう。そのおかげで勝てたのだから文句はない。

クレイジーエイプの群れとの戦闘で、私はＬＶ23に、先輩はＬＶ18に、ハルさんは猫又ＬＶ10に、栞さんはＬＶ10までレベルが上がった。

栞さんはレベルが低かった分、上がり幅も大きいみたい。

できることなら先輩のように『魔物殺し』と『不倶戴天《ふぐたいてん》』を取得してほしいけど、流石にこれは難しいみたい。

検索さんに調べてもらったが、周囲にスライムのような数をこなせるモンスターがいなかったのだ。

『魔物殺し』の方はまだ可能性があるので、こっちは取得できるように頑張って調節してみよう。

「結構な数の魔石が集まりましたね」

「はい。このペースならシェルハウスに『窓』を設置できそうです」

窓が設置できれば、シェルハウス内からでも外の様子を確認することができる。

そうなれば今朝《けさ》のリヴァイアサンのようなケースは多少は防げるようになるだろう。

周辺にモンスターがいれば籠城《ろうじょう》して、いなくなってから外に出ればいいのだから。

最悪、ずっとその場に居座られても相手の休んでいる隙に外に出て攻撃すればいい。

「あ、佐々木《ササキ》さんたちにも教えておこう」

九州《きゅうしゅう》にいる佐々木さんたちからもメールは定期的に送られてくる。

向こうも順調に活動しているそうだ。

検索さんに調べてもらったら、大分の海水浴場にもアル・コラレはいるみたいなので、シェルハウスの情報も含めて佐々木さんたちにメールを送っておいた。

「――さて、もうすぐ西条市ですね」

「食料を調達しておきましょう。ストックはまだありますけど調味料の類《たぐい》が欲しいです」

「あとはシェルハウス内の雑貨もだね」

「みゃぅー♪」

順調に移動し、私たちは日が暮れる前に西条市に辿《たど》り着くことができた。

ここでの目的はモンスターとの戦闘よりも、今後の旅に必要な物資の補給だ。

デパートやスーパーを探さないとだね。

だが私たちはそこで驚愕《きょうがく》の光景を目にすることになる。

●

「……なに、あれ？」

デパートに向かう途中のことだった。

穴だらけの家屋。道路に空いた巨大なクレータの数々。そしてまるでゴミかなにかのように、ボロボロにされたモンスターたちの山。

魔石になっていないところを見るとギリギリ生きてはいるのだろう。

「うあああああ！　ちくしょー！　ちくしょー！　どいつもこいつも私のこと、無職、無職って馬鹿《ばか》にしやがってええええええええええええええええええ!!」

「ゴ、ゴアアアアアッ!?」

「ゴギャー!?　ギャアアアアアアアアア！」

「ゴア……ァァ……アアア……」

その中心でオークの大軍を相手に大立ち回りを続けるのは、たった一人の女性だった。

長身で長い髪をポニーテールのように束《たば》ねたモデル顔負けの美しい女性。だがその顔や服はモンスターの血で赤く染まっている。まるで神話に出てくる羅刹女《らせつにょ》のような姿だった。

「この私、上杉日向《ウエスギヒナタ》は無職じゃない！　ちゃんとお爺《じい》ちゃんの畑だって手伝ってるし、お母さんの料理の手伝いや買い物だってちゃんとしてる！　だから無職じゃないんだあああああああああああああああ！」

彼女が拳《こぶし》を振るうたびにオークが吹き飛び、地面のアスファルトが剝《は》がれる。

彼女が叫ぶたびにオークが吹き飛び、家屋が破壊される。さながら嵐《あらし》のような光景だった。

「ゴギャアアアア！」

「キキィイイイイ！　キィイイイイイ！」

そのあまりの強さに、モンスターたちの方が怯《おび》え、逃げ惑っている。中には手を合わせ、祈るように震えているゴブリンすらいるほどだ。

「……あれ、人……ですよね？」

「多分、そうだと思うけど……怖いよう……」

「オークって、体重二百キロ近くあるんですけど軽々振り回してますね……」

私でも思いっきり踏んばらないと投げることなどできなかったのに。まるで小石でも投げるかのようにピュンピュン飛んでる。

「……にゃう」

『ミャ、ミャァー……』

その光景に私たちはドン引きし、先輩とメアさんは恐怖で震えまくっている。

なんかとんでもない人に出会ってしまった。

どうしよう。無視して先に進もうにも、この状況で声を掛けないわけにもいかないだろうし……。

でも話しかけちゃいけない人オーラが凄い。初めて出会った時のボルさんたちより話しかけづらい。

あー、ボルさんたち、今頃《いまごろ》どうしてるのかなぁ……。目の前の現実から目を逸《そ》らせるかのように、

私はそんなことを考えるのであった。

幕間　その頃の骸骨騎士たち

あやめたちが四国《しこく》に到着した頃《ころ》、骸骨《がいこつ》騎士の二人——ボルとベレは福岡《ふくおか》にいた。

『ふぅ、あらかた片付いたし、この辺りでいったん休憩にするか』

『そうだな、コイツらも疲れてるだろうしよ』

『『……！』』

二人の言葉に、二体のナイトメアたちは「まだまだ全然余裕！」と抗議の声を上げる。首のない馬の姿なので、声は上がっていないのだが気持ちは伝わったのだろう。ボルとベレはいたわるように、ナイトメアの首筋を撫《な》でた。

『無理は禁物だ。我らの目的はこの先にある。それまで力を温存するのも、お前たちの役目だ』

『『……（コクリ）』』

そう言われては文句も言えないナイトメアたちは素直に従った。

ちなみに、メアは首のない馬の形態でも声を出せていたが、それはメアが猫というお気に入りの姿を持っていたからである。ナイトメアは霧のモンスターであり、固有の姿を持たない。代わりに、これだ！　というお気に入りの姿を見つけた場合、その姿にいろいろと生態が引っ張られるという特徴がある。

だがお気に入りの姿を見つけられるかどうかは割と運次第なので、見つからずに基本形態である首のない馬だけで過ごす個体も多い。

ボルとベレに付き従う二体のナイトメアもまたお気に入りの姿を未《いま》だ見つけられないでいた。

『……しかしこの先に本当にあるのかね？　俺《おれ》たちの目的地が』

『こればっかりは行ってみなければ分からんな。しかし感じる気配は、紛れもなく我らが目指す墳墓のソレだ』

彼らの目的は二つある。一つ目は、元の世界で因縁のあった二体のベヒモスを討伐すること。そしてもう一つが彼らの守護する墳墓へと帰還することだ。

ベヒモスの討伐はあやめたちの協力もあり、既に果たされている。

故《ゆえ》に彼らは現在、もう一つの目的である墳墓を探すことに尽力していた。

ボルとベレはどれだけ離れていても、自分が守護する墳墓の気配を感じ取ることができる。

それを辿《たど》れば、目的の地へと帰還できる――はずだった。

『……しかし墳墓の気配が複数あるとは。これは少々予想外だった……』

彼らにとって予想外だったのは、目的となる墳墓の気配が複数の方角から感じ取れるということだった。しかも一つ一つの気配の距離がかなり離れている。一体どういうことなのか、彼らにも分からなかった。

『気配の濃さに差はあるが、距離も離れてる以上あまり当てにはならねぇ。一つ一つ、確認していくしかねぇだろうよ……』

『そうだな』

ボルはあやめから貰《もら》った地図帳を広げる。

感じ取れた墳墓の気配は全部で五つ。四国、関西、関東、東北にそれぞれ一つずつ。そして九州《きゅうしゅう》福岡に一つ。今まさに彼らがいる場所だった。

『それにしても目的地の周りがギガントどもの巣になってるとはなぁ。なかなか、面白《おもし》れぇ戦いだった』

くつくつと愉快そうにベレは眼窩《がんか》の炎を揺らしながら、彼が今腰かけているソレらを見下ろす。

それは巨大なモンスターたちの山であった。


ギガントと呼ばれるモンスターがいる。

姿は人に似ているが、その大きさは、人間の数倍から十数倍にもなる巨人のモンスターである。

加えて頭が異常に大きかったり、腕や足が不規則に長かったりと、どの個体も歪《いびつ》な姿をしているのが特徴だ。

個体としての強さはベヒモスには及ばないが、常に群れで行動するため、遭遇した相手は数の暴力をこれでもかと味わうことになる。更に数の暴力だけでなく、ギガントは強靭《きょうじん》な肉体と、高い再生力も備えている。明確な『弱点』は存在するが、それでも個体としての質と、数の暴力を併せ持つギガントはモンスターの中でも特に危険な種族に分類されているのだ。

現にギガントの群れが現れた福岡市は瞬く間に蹂躙《じゅうりん》され、地獄のような場所へと成り果ててしまった。更にギガント以外のモンスターが極端に少なかったことも、福岡に住む人々にとって不運であった。レベルアップをしようにも、手軽に倒せるモンスターがいないのだ。なんとかＬＶ１や２に上がった者も、その程度ではギガントに対抗することなどできない。自衛隊や警察も態勢を整える前にギガントの強襲を受け壊滅状態。地獄と化した福岡で、人々はギガントに怯《おび》え、いつ喰《く》われるかと震える日々を過ごしていた。

『――邪魔だ』

そんな最中、ギガントの群れをあっさりと蹴《け》散らしたのが、ボルとベレであった。

ベヒモスとの戦いや、道中でのモンスターとの戦闘を経て、彼らもレベルアップを果たし、その力は以前よりも上がっていた。

いかにギガントが強く、数の暴力があったとしても、それを上回る圧倒的な個の力の前には意味を成さない。

ある個体は槍《やり》で貫かれ、またある個体は弓の雨を浴びて絶命し、またある個体は無数のスケルトンに群がられ、またある個体はナイトメアの霧に蝕《むしば》まれ、次々とその数を減らしていった。

――そして現在、ベレの足元には半殺しにされた大量のギガントが倒れていた。止《とど》めを刺していないのはわざとである。彼らにはまだ役目があるのだ。

休憩がてら、彼らは倒したギガントの魔石を食べる。すると、ベレが口を開いた。

『……それにしても随分と雑だな』

『あ？　なにがだよ？　良い感じに半殺しにしてんだろうが？』

『違うそっちではない。この世界が、だ。カオス・フロンティアと言ったか。あやめの話を信じるならば、この世界は我らのいた世界と、あやめたちの世界、その二つが融合した新たな世界らしい。そして基盤となっているのはあやめたちの世界、そこに我らのいた世界が流れ込んだ』

『そう言ってたな。んで、それの何が雑なんだよ？』

『分からんか？　ギガントどもは本来、極寒の地に暮らすモンスターだ。このような温暖な地域には適さない。我らがこうも楽にギガントどもを倒せているのも、コイツらが慣れない環境で動きが鈍っていたからだ。あやめたちのいた地域や、ここへ来る道中で出会ったモンスターもそうだ。どのモンスターも生息域がてんでバラバラだ。なにより不可解なのは、我らの世界にもいた『人』をこの世界では一人も見かけていない。これではまるで我々モンスターだけがこの世界に転移させられたように思えてくる』

『……確かにそりゃそうかもしれねぇ。でもそれがなんだってんだよ？　俺らの目的に何か関係があるのか？』

『……あるといえるし、ないともいえる。あやめがいれば、いろいろと調べられたかもしれんが、現状では推測の域を出んな……。最も考えられるのが我らモンスターが――　いや、これは今考えることではないか』

自嘲《じちょう》気味に自分を納得させるボルに、ベレは呆《あき》れたような雰囲気をみせる。

『だったらどうにもなんねーだろ。余計なことを考えるより、さっさと墳墓に戻ることを考えようぜ』

『ふっ、確かにその通りだ。今は目的を優先させよう』

ボルはベレの足元で山になって倒れているギガントに適当に矢を放った。

「ギィ……ギィアアアアアアアアアアアアアアアアアアッ！」

すると矢の当たったギガントはたまらず叫び声を上げた。更に別の個体に次々に矢や、槍を突き刺してゆく。ギガントの悲鳴が何重にもなって周囲に木霊《こだま》してゆく。

『さて、今回は本命が来るかね』

『期待しよう』

ギガントは群れで行動するモンスターだ。故に同胞の叫び声を聞けば、他《ほか》の仲間が集まってくる。

二人は近づいてくる大量のギガントの気配を感じ取っていた。そしてその中に一際《ひときわ》大きな気配があることに気付いた。

『──お、どうやら今回は当たりみたいだな』

『これだけ同胞を殺されたのだ。流石《さすが》に無視はできんと判断したのだろう』

彼らが待っていたのは群れのリーダーである上位種だ。オル・ギガントと呼ばれ、通常のギガントよりも更に大きく、肌も浅黒く変色している。そして何より他のギガントと違い、『武器』を使う。

彼らの前に現れたオル・ギガントも巨大な棍棒《こんぼう》と、楕円《だえん》状の盾《たて》を装備していた。

しかし、それよりも目を引いたのはオル・ギガントが連れている者たちだ。

『……ありゃぁ、人間か？』

『ああ、それも若い娘が多い』

オル・ギガントの後ろには拘束されながら列になって歩く人間たちの姿があったのだ。男性や子供もいるが、総じて若い女性が多い。それも傷だらけで、中には顔の半分近くが潰《つぶ》れ、痛々しい姿になっている者もいた。

『人質のつもり……ってわけじゃねぇよな？』

『いや、おそらくアレは奴《やつ》らの『備蓄』だろう。極寒の地で暮らすギガントどもにとって人間は貴重な食糧だ。この世界にどれだけ多くの人間がいるか分からぬ以上、ああしてわざと生かして連れ歩いているのだろう。あのオル・ギガントはそこそこ知恵が回るらしい』

若い女性が多いのは、その方が『食糧を増やす』のに都合がいいから。

見慣れぬ世界で、明日も分からぬ状態であれば、食糧の備蓄は必須。オル・ギガントの行いは生物として、または群れの長として至極当然のものだろう。……人間が食糧というただ一点を除けば。

『ちっ、悪趣味だな。おい、ボルどうするよ？　助けるか？』

吐き捨てるように言ったベレの言葉に、ボルは意外そうに眼窩の炎を揺らす。

『……あ？　何だよ、その面《つら》は？』

『……いや、お前からそんなセリフを聞くとはな。少々意外だった』

『………ちっ』

ベレは面白くなさそうに舌打ちをする。おそらくは、ここへ来る前に組んだ彼女たちの影響だろうなと、ボルは思った。

『しかし助け出すのは少々骨が折れるな。敵の数も多い。なにより――』

ボルは一旦《いったん》そこで言葉を区切り、

『あの人間たちは生きることを諦《あきら》めている。あれでは助けても意味があるまい』

『……』

オル・ギガントに連れられた人々の眼には光が宿っていなかった。ここに来るまでに様々な地獄を味わってきたのだろう。もはや抵抗する気力も失せている。ボルはそう判断した。

ベレもそれが理解できたのだろう。少しだけ落胆した気配を漂わせると、半殺しにしたギガントの山から下りる。

『ならとっとと終わらせようぜ。もうコイツらにも止《とど》め刺していいよな？』

『ああ、そうだな――ん？』

不意に、ボルは誰かの視線を感じた。その視線の正体を探ると、それはギガントに連れられていた一人の女性だった。顔の半分が潰れた女性だ。もう半分の方の瞳《ひとみ》が、じっと自分たちを見ている。

死んだ亡霊のような目ではなく、ただじっと状況を見極め、反撃の機会を待っている者の眼だ。

（……ほう、諦めていない者がいたか……）

おそらくはスキル保有者。じっと耐えて、ギガントたちの隙《すき》をうかがっているのだろう。並大抵の精神力でできることではない。

――何が何でも生き延びてやる。

彼女の瞳からはそんな執念じみた気迫が感じ取れた。

『ふふ、ふはは、ふはははははっ！　そうか、そうだな。生きることこそ、生者の特権。私はまだ見る目が無かったようだ』

『……何だよ、急に笑い出して……。気持ちわりぃな』

『ああ、すまん、べレ。予定変更だ。助け出そう、あの人間たちを。どうやら彼らは『生』を望んでいるようだ』

『――――！』

一瞬、べレはぽかんとしたが、やがて嬉々として眼窩の炎を揺らめかせた。

『はっ！　なら仕方ねぇな！　面倒だが、やってやるよ！』

べレは槍を構える。

『ああ、それと、そのギガントどもはまだ止めは刺すなよ。あとで使うからな』

『……？　良く分からねぇが了解したぜ！』

「ゴォォオオアアアアアアアアアアアアアアアアアアアッ！」

彼らが前に出るのと同時に、オル・ギガントも武器を構え駆け出した。

二体の骸骨騎士とギガントの群れの決戦が始まった。

●

それから数十分後――――、彼らの足元には半殺しにされたオル・ギガントと、ギガントの群れが倒れていた。

凄《すさ》まじい激闘だった。

片腕と片足、そして顔の半分近くを潰されたオル・ギガントはようやく地面に沈んだ。

周囲の建物は半壊し、ベヒモスとの戦いの後、ようやく百体を超えるほどまでに数を増やした眷属《けんぞく》のスケルトンも九割以上を失ってしまった。ボルとベレ、そして二体のナイトメアも全身傷だらけでＭＰもほとんど残っていなかった。

『ふぅ……、流石オル・ギガントと言ったところか。かなり手強かったな』

『だが勝ったのは俺たちだ』

「ゴァ……ゴゥゥ……」

オル・ギガントは憎らしげに二体の骸骨騎士を睨《にら》みつける。ベレはそんな巨人の王には目もくれず、一人の女性の方を見た。

『君のおかげだ。助かった』

「っ……」

突然声を掛けられ、顔の半分が潰れた女性はたじろぐ。

勝敗を分けたのは、単純にボルとベレの方が強かった、オル・ギガントが環境に慣れず本来の動きが出せなかったというのもあるが、一番の要因はあの顔の半分が潰れた女性だった。

何をしたかと言えば、彼女はただ『投擲《とうてき》』のスキルを使って、足元にあった石をオル・ギガント目掛けて投げつけただけだ。

だがそのタイミングが絶妙だった。ボルとベレ、そしてオル・ギガント、それぞれの必殺の攻撃が交わる瞬間、彼女の投げた石がオル・ギガントの眼に命中し、僅《わず》かに注意を逸《そ》らしたのだ。互いにギリギリの攻防の中で生まれた僅かな隙は決定的な隙となる。それが勝敗を分ける決定打となった。

奇《く》しくもそれは、あやめがアガとエアーデの戦いに偶然介入した時と似たようなシチュエーションでもあった。

『警戒しているか。まあ、仕方あるまい。……ナイトメアよ、アレを出してくれ』

ナイトメアは了解したと体を震わせると、足元の影からガラス瓶《びん》に入った液体を取り出す。

ボルは一瞬で彼女に接近すると、中の液体を彼女へ向けて浴びせた。避けることも反応することもできず、彼女はその液体を頭から浴びる。

「きゃっ⁉　何を――え？　あれ？　顔の痛みが……それに声も、出せる……？」

『……顔だけでなく喉《のど》も潰されていたのか』

そこには顔の半分が潰れた女性はいなかった。彼女の顔は元の状態に戻っていた。

ボルが彼女に浴びせたのは、道中の宝箱から入手した回復薬《ポーション》だ。アンデッドである彼らにとっては劇薬であり、無用の長物であったが、一応は捨てずに取っておいたのである。

「これ……もしかしてアナタが、治して……？」

『……』

ベレは女性に背を向けると、不意に半殺しにしたオル・ギガントの方を見る。

『これは独り言だが、ギガントどもには『急所』と呼ばれる場所が存在する。拳大《こぶしだい》ほどのホクロがそれだ。これを攻撃されると、ギガントはたちまち絶命してしまう。個体によって異なるが、どうやら手元が狂った所為《せい》で、矢が少し外れてしまったようだな』

「……！」

そう言われて、女性は倒れているギガントどもを見る。すると、あれだけ刺さっていたはずの大量の矢が消え、それぞれの個体に一本だけ残っているではないか。そのすぐ傍《そば》には拳大のホクロが見えた。ちなみにオル・ギガントのホクロは額《ひたい》の真ん中にあった。

『先ほどの戦いで我々は力を使い果たしてしまった。ギガントどもはこのまま放置していくしかあるまい。どこぞの誰かに獲物を横取りされることになるが、まあ仕方なかろう。できることならこの町を守れるような者に倒してもらえれば助かるのだがな』

「ッ……！」

その独り言を聞いて、女性は理解する。自分たちにギガントたちから得られる大量の経験値を譲ると言っているのだ。

一体何故《なぜ》、モンスターがそんなことをするのかは分からない。それでも女性は彼らに向かって頭を下げた。

「あ、ありがとうございますっ！　助けてくれて！　あなた方は命の恩人です！」

返事はなかった。

女性が顔を上げた時には、二体の骸骨騎士は姿を消していたからだ。

「……」

女性は回復薬《ポーション》で治った自分の顔に触れる。そして何かを決意するように、倒れているオル・ギガントに近づくと、残された矢で止めを刺した。大量の経験値を告げるアナウンスが彼女の脳内に流れる。

この日、福岡に一人の英雄が誕生した。

彼女によって、途方もない数の命が救われ、多くの人々が力をつけ、導かれることになる。

やがて彼女は拳闘士の職業を持つ少年や、妙にスキルやこの世界の情報に精通した消防団と出会い、九州に人々が安心して住める一大コミュニティを作り上げることになるのだが、それはまた別のお話。

●

そして戦いを終えたボルとベレは目的の場所に来ていた。

彼らが目指す墳墓。その気配を探り、ようやく辿り着いたのだが、そこにあったのは――

『……外れだな。どうやら我らが感じた気配は、この石柱だったらしい』

そこにあったのは彼らの目指す墳墓――ではなく、その一部であった。ビルほどの巨大な石柱とその周辺の僅かな破片だけがあった。

『……墳墓がバラバラになってこの世界に転移したってことか?』

『可能性は十分考えられる。我らとて、この世界に転移した時にアガと別々の場所に現れたのだ。我らが守護する墳墓も同じようにいくつかに分かれて、この世界に転移したとしても不思議はない。ナイトメアよ、この石柱を収納してくれるか？』

「……」

ナイトメアは了解したと、足元の影を広げる。すると、目の前にあった石柱や破片を影の中へと取り込んだ。

『随分と面倒なことになったが、一つ一つ、気配のするポイントを探して行こう。バラバラになったとしても、墳墓の気配が感じられる以上『本殿』は無事なはずだ』

『そうだな。ここから次に近いのは……四国か』

『ああ。四国か。あやめたちが向かった方角だな。ふっ、もしかすると思ったよりも早い再会になるやもしれぬな』

『かもしれねぇな』

その言葉に、ナイトメアたちからも期待する気配が伝わってくる。

どうやら自分たちは思った以上に、彼女たちのことが気に入っているのかもしれない。

少しだけ期待に胸をふくらませながら、彼らは次の目的地へと向かうのだった。

第三章　無職と殺人鬼

私たちはオークの群れを相手に暴れる女性を物陰から見つめていた。

「……あれ、助けに入らなくて大丈夫かな？」

先輩が心配そうな視線を向けてくる。

「だ、大丈夫だと思いますよ。上位種もいなさそうですし、もう残り二匹まで減ってます」

「というか、私たちが助けに入ったら逆に邪魔しそうなくらい圧倒的ですね、あの女性《ヒト》……」

栞《シオリ》さんの言う通りだ。あの女性は本当に圧倒的な強さでまるで、ボルさんやベレさんを見ているかのようだった。こうしている間にもオークは残りあと一匹に減っている。

「ゴァアアアアアアッ！」

「ふんっ！　そんな単調な攻撃当たるわけないだろう！」

女性はオークの攻撃をいなし、こめかみに裏拳《うらけん》を当てる。

オークはふらりとよろめくと、そのまま倒れた。脳震盪《のうしんとう》でも起こしたのだろうか？

「ふぅ……ギリギリの勝負だったな……」

いや、圧勝してたよ。

しかもモンスターたちは一匹も死んでいない。気絶しているだけだ。

「で、そこに隠れてる君たちは無事か？」

……気づかれてた。

ボルさんたちみたいに探知系のスキルでも持っているのだろうか？　とはいえ、敵意も悪意も感じないので、私たちは素直に姿を現した。

「うむ、怪我《けが》もないみたいだね。無事で良かったよ」

「あ、はい……」

女性はぽんぽんと私の肩を叩《たた》き、安心した笑みを浮かべる。

「ああ、自己紹介がまだだったな。私は上杉日向《ウエスギヒナタ》。君たちは？」

「九条《クジョウ》あやめです」

「八島七味《ヤシマシチミ》と言います」

「……三木《ミキ》栞です」

「ふむ、あやめちゃんに、七味ちゃんに、栞ちゃんだな。それで君たちはどこから来たんだ？　避難所を探してるって雰囲気でもないが……？」

私たちの身なりを見てそう判断したのだろう。この人、かなり観察力が鋭い。私たちは事情を説明した。

「――なるほど、東京《とうきよう》を目指して旅を、ね……。随分と思い切ったことを考えるな」

「はい。でもどうしても家族に会いたくて……」

「その気持ちはよく分かるよ。私も家族がいるからな。だがそうか……そういうことなら、早くこの町を離れて次の町に向かった方が良い」

「……どうしてですか？」

「この町には化け物がいるんだ。できるだけ長居しない方が良い」

化け物……それはひょっとしてあのリヴァイアサンのことだろうか？

確かにココは海沿いの町で、リヴァイアサンの巣からそう遠くない。

遭遇する可能性は決して低くないが、それでも海に近づかなければ遭遇する可能性はぐっと低くなるはずだ。

「だ、大丈夫だよ。どんなモンスターだって、私があやめちゃんを守るからっ」

「先輩……」

言ってることは凄《すご》くカッコいいですけど、足が生まれたてのヤギみたいに震えてますよ？　すると栞さんが先輩の肩をポンとたたく。

「そうです、七味さん強がりは駄目です。勝てない時はみんなで逃げればいいんです」

「そ、そうだよねっ。うん、勝てない時はちゃんと逃げなきゃ駄目だよね」

そして栞さんの意見ですぐに考えを改めるのもすごく先輩です。

ちょっとだけ見直した気持ちを返してください。

そんな私たちに、上杉さんは微笑《ほほえ》ましい視線を向ける。

「ふふ、仲がいいな君たちは」

「あはは……。と、ところで上杉さんはかなり強そうですけど、職業は何を選択したんですか？

なんか無職、無職って叫んでましたけど、あれだけのオークの群れを圧倒するなんてよほどすごい職業を——っ⁉」

言葉は最後まで続かなかった。

上杉さんが鬼のような形相を浮かべて私の肩を摑《つか》んだからだ。

「——じゃない」

「えっ？」

「私は‼　無職じゃ！　ないッッ！」

「え、いや、あの……？」

突然どうしたんだ、この人？

「いいか？　私は無職じゃない。無職じゃないんだ。きちんと家の手伝いもしてるし、時間がある時には近所の道場で子供たちに稽古《けいこ》もつけているし、畑の手伝いだってしてる。確かに世間一般で言うような定職とは違うかもしれないが、それはあくまで世間一般の考えであって、私の考えとは異なっているだけなんだ。金銭的な収入は得られないが、家族や道場の子供たちに感謝されるし、立派に人の役に立っていると言える。立派な仕事じゃないか？　そう思うだろ？　そもそも金銭的な収入や定職だけで人を無職やニートと蔑《さげす》むのは人の悪《あ》しき風習だ。考えや価値観は時代や人によって違うのだし、世間一般がそうだからと、それを他人にも強要するのは間違っていると——」

「ちょっ、上杉さんっ！　落ち着いてください！　はな、離してっ！　ぐっ、力強いな、この人……！」

一体どうしたというのだ？　無理やり引っぺがそうとしても力が強くて引き離せない。私の全力のステータスで引き剝《は》がせないって、どんだけステータス高いんだ、この人。

「当て身」

「ぐはっ」

するると後ろから栞さんが上杉さんを殴って気絶させた。

すごく鈍い音がした。見れば手には金槌《かなづち》が握られていた。どう見ても当て身じゃない。撲殺《ぼくさつ》だ。

「ふぅ、危ない所でしたね」

「いや、栞さん、それ……」

「問題ありません。鑑定でステータスを確認しましたが、この人、この程度では死にませんよ。ただ、脳と神経をきっちり揺らしたのでしばらくは目覚めないと思います」

「は、はぁ……」

殴って気絶させるって漫画やドラマだけだと思ってた……。

「料理人なら必須の技術です」

「そんな料理人がいてたまるもんですか」

思わず突っ込んでしまった。

「とりあえずモンスターたちに止《とど》めを刺しておきましょう」

「え、あ……はい。そうですね」

栞さんはサクサクと気絶してるオークたちに止めを刺してゆく。

まあ、確かにここで仕留めておかないとまた人を襲うかもしれないし始末しておいた方がいいか。

私たちは気絶しているモンスターたちに止めを刺して、魔石を回収する。

「これだけあれば、ここに来るまでに倒した分と合わせて、シェルハウスに『窓』を設置できるかもしれないですね」

レベルは上がらなかったけど、魔石が大量に手に入ったのは僥倖《ぎょうこう》だ。

「そういえば、あやめさん、この人、無職のようですね」

「そうですね。まあ、人それぞれ事情は――」

「いえ、そうではなく『職業』がですよ」

「え？」

私は首を傾《かし》げる。

「ですから、『料理人』とか『聖騎士』とかステータスに反映されている職業欄が『無職』なんです。鑑定で確認したから間違いありません」

「……あり得るんですか、そんなこと？」

職業を選択せずにあの強さってそんなのあり得るのだろうか？

《職業を選択せずにLV10まで上げた場合、その個体には職業選択の意思なしとみなされ、職業は無職になります》

すると検索さんから反応があった。

どうやら本当に『無職』という職業は存在するらしい。

《職業が無職になった場合、それまでに取得したＪＰ《ジョブポイント》を十倍のＳＰ《スキルポイント》に変換し、ステータスを大幅に上昇させます。以後、ＬＶ30に上がるまでいかなる場合においても職業の取得は不可能になります。更に無職は武器を使うことはできず、拳《こぶし》や蹴《け》りといった肉体的な戦闘手段以外、取ることはできません》

なるほど、無職になった場合、職業の恩恵が得られない代わりにＳＰ《スキルポイント》が大量にゲットできて、ステータスが強化されるのか。

確かに強力と言えば強力だけど、デメリットが大きすぎる。武器使えないって……。

「普通に職業を取得した方がずっと強くなれると思うけど、なんでこの人、職業を選択しなかったんだろうね？」

「それは本人に聞いてみないと分からないですね。とりあえず、このまま放置していくわけにはいきませんし、どこか避難所に向かいましょう」

すぐに栞さんが地図で場所を確認する。

「地図によれば、ここから少し移動すれば小学校があるみたいですね。そこに行ってみましょう」

「了解です」

話をいったん打ち切り、私たちは小学校へと向かった。

上杉さんはメアさんに背負ってもらう。シェルハウスに入れても良いけど、起きた時に暴れられると困るからね。

移動中はモンスターに遭遇することも無く、スムーズだった。

だが、辿《たど》り着いた先で私たちは驚愕《きょうがく》の光景を目にする。

●

「——なに、これ……？」


辿り着いた小学校。

そこには地獄のような光景が広がっていた。

死体、死体、死体、死体。どこもかしこも人の死体で溢《あふ》れかえっていた。

子供も、大人も、老人も、女性も、等しく死んでいる。

むせ返るような血と油と臓物の匂《にお》い。込み上げる吐き気を必死に抑える。死肉を啄《ついば》むカラスや、群がる蠅《はえ》の大軍に、私は眩暈《めまい》を覚えた。ここは本当に現実なの？

「はぅ……」

先輩はそのあまりに凄惨《せいさん》な光景に気を失ってしまった。

一方で、栞さんは表情一つ変えず、目の前の光景をじっと見つめている。

本当にこの人はどんな精神力をしているのだろう？

「……あやめさん、これモンスターの仕業じゃありません」

「え……？」

そう言うと、栞さんは校庭に転がる死体の一つに近づく。

「見てください。心臓を鋭利な刃物で一突きにされて絶命しています。ほかに目立った外傷もありません。ゴブリンやオークも武器を使いますが、こんな殺し方はまずしないでしょう」

「ちょ、ちょっと待って。それじゃあ――」

私の言葉に繋《つな》げるように、栞さんは頷《うなず》く。

「これは人間の仕業です。それも恐ろしく強くて残酷な」

「ッ……」

栞さんの言葉に、私はただ絶句するしかなかった。

――この町には化け物がいるんだ。できるだけ長居しない方が良い。

上杉さんの言っていた意味が、ようやく理解できた。

この町には化け物がいる。殺人鬼と言う名の化け物《モンスター》が。

一体、どれだけの人々がここで殺されたのだろうか？

ざっと、校庭を見渡しただけでも十数人。血だまりが校舎の中にも続いているところを見ると、おそらくあの中にも地獄が広がっているのだろう。

モンスターに人が殺される光景なら何度も見たけど、これを人間が行ったなんてとても信じられない。……いや、信じたくなかった。

「あやめさん、辛《つら》いかもしれませんが、校舎の中も確認しておきましょう」

「え、どうして……？」

「もしかしたら生存者がいるかもしれません。助けられる命なら、助けるべきです」

「ッ……！」

その言葉に、私はハッとなる。

そうだ。あまりに凄惨な光景に、私はその可能性をすっかり忘れていた。

「ハルさんとメアさんはここにいて先輩と上杉さんを見ててっ」

「みゃぁー」

『ミャゥ』

ハルさんとメアさんは了解したとばかりに頷く。

私と栞さんは急いで校舎の中へと走った。

血の匂いに何度も吐きそうになりながら、私と栞さんは生存者を探した。

●

――結論から言えば、生存者はいなかった。

どこもかしこも死体だらけで、誰一人生きていなかった。

自分が死んだと気付かないような表情で死んでいた者もいた。恐怖と苦痛で醜く歪《ゆが》んだ表情で死んだ者もいた。親子で寄り添うように殺されていた者たちもいた。

「全部で三十五人ですか……。なんて惨《むご》い……」

私には理解できなかった。一体、どうしてこんなことができるのだろう？　なんの目的があってこんな凶行を実行したのか。

「……できれば埋葬してあげたいですが、この状況じゃ難しいでしょうね……。ですが、死体をこのまま野ざらしにしておくわけにもいきません。このまま放置すれば、伝染病が発生して、二次災害が起こる可能性があります。一箇所に集めて、七味さんのスキルで火葬しましょう」

「……どうして栞さんはそこまで冷静でいられるんですか？」

「冷静じゃありませんよ。何かを……自分にできる何かを考えていないとどうにかなってしまいそうなだけです」

本当に栞さんは凄い人だ。この状況で、できることを考えるなんて私にはできないよ。

「……」

栞さんは無言で私の傍《そば》に座り、手を握ってくれた。

「辛いかもしれませんが、気をしっかり持ってください。彼らの死を悼《いた》みこそすれ、飲み込まれてはいけません」

「……ありがとうございます」

栞さんのおかげで私も少し平静さを取り戻せた。

すると背後に人の気配がした。

「どうやら、知ってしまったようだな。言っただろう、この町には化け物がいると」

「上杉さん。目が覚めたんですか？」

「ああ。心配をかけてしまってすまない。しかし、どうして私は気絶してしまったんだ？　どうにも途中から記憶が曖昧《あいまい》で……。なんか後頭部がズキズキと痛むし」

上杉さんは自分の後頭部を擦《さす》る。

私がなんて説明しようか迷っていると、先に栞さんが口を開いた。

「オークの生き残りが隠れていたんです。上杉さんに背後から奇襲し気絶させた後、私たちで仕留めました」

「おお、そうだったのか。それはすまない。世話を掛けたな」

「いえいえ、上杉さんが無事で何よりです」

栞さんは流れるように嘘《うそ》をついた。

上杉さんもあっさり信じた。うん、もうそれでいいや。

「それより上杉さん、さっきのは……？」

「ああ、この町に潜む殺人鬼……。私はそいつを捜している」

「捜してる……？」

「君たちもその眼で見ただろう。これは人の皮を被《かぶ》った化け物の仕業だ。……こんな世の中だ。不慮の事故で誰かを殺《あや》めてしまった、なんてこともあるかもしれん。だが、この惨劇を行った人物は明らかに意図的に殺人を行っている。それも人を傷つけることが、殺すことが楽しくて楽しくて仕方ないと言う風にな」

上杉さんは近くの子供の死体のそばに寄るとその目を閉じさせ、手を合わせた。

「――許しておくわけにはいかん。これ以上の犠牲者を出さないためにも」

怒りに震えた声。

……私も上杉さんと同じ気持ちだ。

こんなことを平然と行える人物がこの町にいるなんてあまりに危険すぎる。

「何か手がかりはあるんですか？」

「残念だがほとんど手がかりはない。唯一分かっているのは、ソイツが男だと言うことくらいだな」

「……何故《なぜ》、犯人が男だと？」

「私が世話になった避難所でも犠牲者が出たんだ。その時、現場に血の付いた服と足跡が残っていた。返り血で汚れたから処分したのだろう。服は男性のモノだったし、足跡のサイズも大きかった」

「男性……でもそれだけじゃ犯人を特定することなんて――」

《鑑定を使うことを推奨します》

すると検索さんから応答があった。

鑑定を使う……？

《はい。対象が大量殺人を行っているのであれば、『同族殺し』というスキルを取得している可能性が非常に高いです。加えて人が集まる場所を好んで襲撃しているのであれば、集団の中に潜んでいる可能性も高いと思われます。コロニーで出会う人物をしらみつぶしに鑑定して、『同族殺し』を持つ人物を探せば対象を絞り込めるでしょう》

なるほど……『同族殺し』なんてスキルがあることにも驚きだけど、確かにその方法なら犯人を見つけ出せる可能性は高い。

私だけじゃなく先輩や栞さんも『鑑定』を持ってるし、効率よく捜すことができるだろう。

ちらりと栞さんの方を見る。

栞さんは無言で頷いてくれた。どうやら彼女も同じ気持ちだったようだ。

「……上杉さん、この近くで避難所になっている場所ってありますか？」

「何箇所かあるが……それがどうした？」

「私たちも協力します。皆が団結しなきゃいけないこの状況で、こんなことをする人物を黙って見過ごすことはできません」

「そうか……ありがとう。礼を言わせてもらう」

私は上杉さんの犯人捜しに協力することにした。

リヴァイアサンの件もあるし、本来ならすぐにこの町を離れて次の町に向かうべきだろう。

でも何もしないままこの町を離れれば、絶対後悔すると思った。

私たちは上杉さんに案内されて、次の避難所へと向かった。

●

一方その頃《ころ》、その人物は上機嫌で町を歩いていた。

「ふーん、ふふーん♪」

今日は気分が良い。

子供も、老人も、男も女も老若男女区別なく、すべからく殺すことができた。

「ああ、本当にスキルとは便利ですね」

その人物が選んだ職業は『暗殺者』だった。

『暗殺者』は本来『密偵』をＬＶ10まで上げなければ就くことができない上級職だが、幸か不幸か、その人物の初期取得職業欄には最初から暗殺者があった。

気配を殺し、音を殺し、ターゲットに近づき命を奪うのは楽しい。

レベルもどんどん上がり、面白《おもしろ》い便利なスキルも手に入れ、自分がどんどん強くなっていくのが実感できる。それにこの状況ならいくら殺しても罪には問われない。

司法も警察もまともに機能していないのだ。自分を止めることは誰にもできない。

「──ママ、足痛いよぅ。もう疲れたぁー」

「もう少しの辛抱よ。もう少し歩けば、避難所だから……」

ふと、上機嫌で歩くその人物の目の前に、一組の親子が見えた。

どうやら避難所を目指して移動してきたようだ。

モンスターもうろついているというのに、恐怖を押し殺して行動するその姿は胸を打つものがある。特に母親の方は子供を安心させようと必死で表情を取り繕《つくろ》っている。なんて素晴らしいのだろう。

「安全な場所を求めてモンスターから逃げているのであれば、ぜひ協力してあげましょう」

感動に打ち震えたその人物は、親子の元へと向かう。気付かれぬよう、ひっそりと。

「ハァ、ハァ……頑張って、もう少し、もう少しで避難所に――あ？」

「……？　ママ、どうしたの？」

突然、足を止めた母親を少女は不審に思う。

するとポタポタと母親から生暖かい何かが流れ落ちてきた。

「……？」

顔に付いたそれを拭《ぬぐ》うと、彼女の手は真っ赤《まっか》に染まった。

驚きと同時に、彼女の母親はゆっくりと地面に倒れて動かなくなった。

「ママ、どうしたの？　何が――えぁ？」

少女は母親に近づこうとして、そのまま母親の背中の上に倒れた。

彼女の背中には一本のナイフが刺さっていた。

背後から正確に心臓を貫く見事な一撃だった。きっと少女は何が起きたのかも分からず絶命しただろう。

凶行を行った人物は、ゆっくりとナイフを少女から引き抜くと、彼女の服でその血を拭った。

「大丈夫ですか？　安心してください。もうモンスターに襲われることはありませんよ。親子仲良く天国に行けると良いですね」

その人物は慈愛に満ちた笑みを浮かべた。

ああ、自分はなんて優しいのだろうと、感動に身を震わせる。もうこの親子はモンスターに襲われることもなく天国で仲睦《なかむつ》まじく平和に暮らすのだ。その手助けができたと思うと、自分が善人であると再確認できる。
「さて、ついでに何か使えそうなものがあれば、貰《もら》っておきますか。どうせあの世には持っていけないでしょうし、私が有効に使うべきでしょう」
母親が背負っていたリュックから食料や使えそうな物資などを拝借する。殺してあげた手間賃としては安いが、まあ仕方ないかと自分を納得させた。
それとこの母親もずっと子供に覆いかぶさられたままでは辛いだろうと、親子の死体はその辺のどぶに投げ捨てておくことにした。アフターケアも抜かりない。
もしかしたら自分はこの世界で一番優しい人間なのかもしれない。
《経験値を獲得しました》
《熟練度が一定に達しました》
《同族殺しがＬＶ９からＬＶ10に上がりました》
《同族殺しのＬＶが上限に達しました》
《条件を満たしました》
《スキル『大虐殺』を取得しました》
頭の中に響くアナウンス。
どうやらまた素晴らしいスキルを取得したようだ。
「さて、日も暮れてきたし、この親子が向かう予定だった避難所にでもお世話になりますか……。ああ、お腹《なか》もすきましたし、まだ食料が残っていればいいですが」

殺人鬼は次のターゲットと休憩を求めて避難所へと向かった。

●

上杉さんと共に殺人鬼を捕まえる決心をした私たちは避難所へと向かった。

やって来たのは市立病院だ。

周囲は見晴らしも良く、広い駐車場には仮設のテントがいくつも張られている。

「凄い人の数ですね……」

「老人や怪我人も多いだろうからな。と言っても、今の設備でどこまで対応できるかは分からんが……」

「……電気もガスも使えないですからね」

今の世界ではインフラはほぼ壊滅状態にある。

電気、ガス、水道に様々なネットワーク——すべて人が生きていくうえで欠かすことができないモノだ。

それらもシェルハウスや一部のスキルを使うことで代用は可能だが、それができるのは極一部の者だけだろう。……私たちのように。

「ところで、君たちは先ほど、殺人鬼を捜す手立てがあると言っていたが……どういう方法で見つけ出すつもりなんだ？」

「えっと、実は『鑑定』というスキルがありまして、それを使えば」

「……スキル、とはなんだ？」

「え……？」

「ん？」

首を傾げる上杉さんに、私たちも首を傾げる。この人、普通にモンスターを倒してたよね？

すると栞さんがコソッと耳打ちしてくる。

「……そういえば、この人、職業『無職』でしたよね？　もしかしてスキルとか無自覚で使ってたんじゃないですか？」

「あ、その可能性はありますね……」

あの戦いぶりや、これまでの言動を見るにその可能性は十分考えられた。

「えーっと上杉さん、スキルって言うのはですね――」

私たちは上杉さんに職業やスキル、それにアナウンスのことなどを説明した。

全てを聞き終えた後、上杉さんは四《よ》つん這《ば》いになって激しく落ち込んでしまった。

「……何てことだ。まさかあのアナウンスが幻聴ではなく本物だったなんて……。私はてっきり私のことを無職とあざ笑う心の声だと思っていた……」

「えー……」

いや、いくらなんでもそれは無いと思う。

ていうかこの人、どれだけ無職って言葉にコンプレックスを持っているんだろう？

「そ、それでですね、上杉さんのスキルやステータスを確認したいので、『ステータス・オープン』って口にしてもらっていいですか？　恥ずかしいなら頭の中で念じるだけでも大丈夫なはずです」

「……分かった。ステータス・オープン。……おお、見える！　私にもステータスが見えるぞ……！」

ようやく自分のステータスが見えたことに上杉さんは酷《ひど》く感動していた。

「ふむ、シャアのセリフですか。大したチョイスですね」

「……栞さん、何のことですか？」

「いえ、何でもありません」

栞さんは一体何を言っているのだろう？　良く分からない。

教えてもらった上杉さんのステータスはこんな感じだった。

ウエスギヒナタ
LV13
HP：500／500　MP：0／0
力：210　耐久：180　敏捷：220　器用：0　魔力：0　対魔力：0
SP：136
JP：0

職業　無職
固有スキル　無し
スキル　剛拳ＬＶ４、柔拳ＬＶ２、気合ＬＶ２、忍耐ＬＶ３、毒耐性ＬＶ３、
麻痺耐性ＬＶ３、ストレス耐性ＬＶ２、危機感知ＬＶ１、絶戮ＬＶ１、
修羅ＬＶ１、猛攻ＬＶ１

こ、これは何ともピーキーなステータスだ……。
ＨＰ、力、耐久、敏捷が物凄く高いのに、ＭＰ、器用、魔力、対魔力は完全にゼロ。
検索さんが無職は職業の恩恵が得られない代わりにステータスを大幅に強化するって言ってたけど、これはちょっと極端すぎるんじゃない？
あと持っているスキルの名前がいろいろと物騒なんですけど。
えーっと、検索さん、説明をお願いします。
《スキル『剛拳』について》
《攻撃の際、肉体を鋼のように硬くするスキル。骨折や突き指、打ち身といったリスクを減らすことができる。スキル補正として自己治癒能力が僅《わず》かに上昇する》
《スキル『柔拳』について》
《敵からの攻撃に対し、柔軟な受け流しを行うことができるスキル。ただし、受け流せるのは物理

的な攻撃のみ。スキル補正として見切りが上昇する》
《スキル『気合』について》
《一時的に精神力を高めるスキル。元気があれば何でもできる。自己暗示によりスキル精度、攻撃精度が上昇する。上昇値はＬＶ依存》
《スキル『忍耐』について》
《一時的に精神力を高め、防御力を高めるスキル。あくまでステータスが上昇しているのではなく、自己暗示で我慢強くなっているだけ。我慢強さはＬＶ依存》
《各耐性スキル、危機感知については割愛します》
ふむふむ、なるほど……。前半のスキルは割と分かりやすい効果だね。耐性スキルについては、大体分かるし、危機感知は確か栞さんが持っていたと思う。問題は残り三つのスキルだ。
検索さん、お願いします。
《スキル『猛攻』について》
《職業選択を行わずＬＶ10を超えることで得られるスキル》
《肉体での戦闘の際、猛攻のＬＶ×１００の数値が『力』、『耐久』、『敏捷』のステータスに加算される》
《スキル『修羅』について》
《スキルを使わずモンスターを50体討伐することで得られるスキル》
《戦闘の際、修羅のＬＶ×１００の数値が『ＨＰ』、『力』のステータスに加算される。

また致命的な一撃を受けても、一度だけであれば確定でHPが1残る。発動は一日、一回のみ》
《スキル『絶戮』について》
《パーティーメンバーがいない状態で、猛攻及び修羅の取得条件を満たし、更にそれを素手のみで達成することで得られるレアスキル》
《自分に不利な状態異常効果を完全無効化する。戦闘の際、『HP自動回復』LV5に相当する回復効果が得られる。更に絶戮のLV分、『力』、『耐久』、『敏捷』のステータスを倍加させる。『猛攻』、『修羅』との併用は可能だが、『絶戮』の効果が優先されるため、倍加した数値に『猛攻』、『修羅』の数値が加算される》
全部とんでもない効果だった。
特に最後の『絶戮』の効果が凄すぎる。
自分にとって不利な状態異常効果を完全無効化するって、『置き土産』の呪《のろ》いとか『咆哮《ほうこう》』のスタンとかも効かないってことでしょ？　反則だよ、そんなの。
完全に戦闘特化のステータスとスキル構成だ。
この人、ベヒモスとも正面から殴り合えるんじゃないだろうか？　上杉さん凄すぎる。
……あれ？　でも思い返してみれば、私も最初のレベルアップの際に一気にLV10に上がったよね？　何で『猛攻』を取得できなかったんだろう？
《猛攻の取得条件は正確に言えば、『職業』の拒絶です。マスターの場合、職業を選択しようという意思があったため、猛攻の取得条件には該当しませんでした》

ああ、なるほど、そういうことかー。て、あれ？　マスターって私のこと？

《はい。いつまでもスキル保有者に対し、呼称が無いのは不便であるため、便宜上、マスターと呼ぶことにしました。気に入らないのであれば、別の呼称へ変更することも可能です》

あ、いえ、マスターでいいです、はい。

……検索さん、本当に自我が無いんだよね？　なんか説明もどんどん流暢《りゅうちょう》になってるけど……。

《常にスキル性能をアップデートしてる結果にすぎません》

《このアナウンスもあくまでマスターへの必要性を感じているからにすぎません》

《勘違いをなさらないでください》

うん、そうだね。

だとしても、私のためにそうやって頑張ってくれてるなら嬉《うれ》しいよ。

ありがとうございます。これからも頼りにしてますね、検索さん。

《ッ――――》

……一瞬、検索さんからテレた気配を感じたが気のせいだろう。

本人も自我が無いと言ってるし、そういうことにしておいた方が良いよね。

さて、それじゃあこの避難所にいる人たちに片っ端《ぱし》から『鑑定』を使って調べていこう。

《熟練度が一定に達しました》

《スキル『鑑定』がＬＶ３から４に上がりました》

頭の中にアナウンスが響く。

それだけで眩暈がしそうになった。正直、立っているのも辛い。

「……鑑定って連続で使い続けると、こんなに疲れるんですね……」

「うぅー、頭痛いー……」

「そうですかね？　慣れればこのくらいの頭痛は何ともないですよ？」

苦悶《くもん》の表情を浮かべる私や先輩とは対照的に、栞さんはケロッとしている。

そういえば、この人、鑑定手に入れてから片っ端から鑑定してたって言ってたもんね。すでに通った道なのだろう。

「むしろ新人の頃、務めてたホテルで、一週間以上連続で宴会が入って朝から晩まで碌《ろく》に寝ないで働いてた時の方が辛かったですね。時間を過ぎても帰らないお客さん、自分よりも先に倒れる従業員、発注ミスに会計ミス……。休むに休めなくてあれは二度と経験したくないです」

「……」

それは正直、聞きたくなかったです。

市民病院にいる人たちに対して、私たちは片っ端から鑑定を使い続けていた。

どうやら『鑑定』は使えば使うほどに脳が疲労するスキルだったらしく、私と先輩は二十人ほどを鑑定したところですっかりバテてしまった。

鑑定がオートで使用できない理由がよく分かった。こんなの四六時中使い続けたら絶対頭がおかしくなる。

「……それにしても、ここはスキルを持っている人が本当に少ないですね……」

「そうだねー」

「確かに……」

鑑定を使ってまず分かったのが、スキルや職業を持っている人自体が少なかった。

三人手分けして、六十人近くの人を鑑定したのに、スキルを持っていたのはたったの十三人。

それもレベルも低く、持ってるスキルも少なかった。

「そもそもモンスターと戦える人自体が少ないのでしょうね。大半の人は襲われても、反撃よりもまず逃げることを選択しますから」

「……」

確かに私も最初の頃はひたすらモンスターから逃げ回っていた。

なし崩し的に経験値が入り、スキルが手に入ったけど、そうじゃなければきっと今でも先輩や他《ほか》の人たちと一緒に逃げ回ってたと思う。

「でもそれが悪いとは思いません。どうやったってモンスターと戦えない人もいますから」

「そうですね……」

視線の先にいるのは、怪我をした老人やその家族たち。

彼らのように戦う力のない人たちは、モンスターの脅威からは逃げるしかない。

誰かに守ってもらうしかないのだ。

「というか、やっぱり病院だからか怪我人も多いよね。それにお年寄りも」

「持病のある方や元々入院してた人もいるでしょうしね」

とはいえ、インフラが死んでいるのだから、病院の設備もそのほとんどが機能を失っている。緊急の発電機やバッテリーもあるだろうが、それでどこまで賄《まかな》えるか。……まともな治療など受けられないだろう。

「名前を呼ばれた方はこちらに並んでください－！」「落ち着いてください！　慌《あわ》てず、順番に」「医師に貰った処方箋《しょほうせん》などをお持ちの方はこちらに――」

それでもなんとか彼らのために動いているお医者様や看護師の皆様は本当に凄いと思う。

こういう時って、ホント、人の本性が出るなぁ……。

私は少し離れたところにいる上杉さんを見つめる。

「立てますか？　無理そうなら背負いますよ？」

「ああ、ありがとうねぇ……」

「気にしないでください。それじゃあ、向こうのテントまで行きましょうか」

私たちが鑑定を使って、集まった人たちを調べてる間、上杉さんはあんな感じで避難してきた人たちの手伝いをしていた。

ここに来るまでにあれだけ動き回っていたのに、それを微塵《みじん》も感じさせない働きっぷりだ。

「凄いですね、上杉さんは……」

「だねー。私には無理だよぉー……」

そう言いながら、私にぽてっと体を預けてこないでください。膝枕《ひざまくら》とかしませんからね。

「みゃぅ」

「ミャァー」

すると茂みからハルさんとメアさんも現れた。

「ハルさん、メアさん、お帰り。どうだった？」

「みゃぁー……」

「ミャゥー……」

私の問いに、ハルさんとメアさんは首を横に振る。

ハルさんたちにも怪しい人がいないか、調べてもらっていたのだが、結果は芳《かんば》しくなかったようだ。

その後も休憩を挟みつつ、私たちは鑑定を使い、病院にいる人たちを調べ続けたが、怪しい人物は見つけられなかった。

これだけ探しても見つけられないのなら、ここにはいないのだろうか？

「あやめちゃんのスキルじゃ調べられないんだよね？」

「無理ですね。検索さんは特定の人物を探したり、居場所を特定したりすることはできませんから」

周囲のモンスターの群れや、アイテムボックスの位置なら分かるが、特定の人物やスキルの保有者となると、検索さんの対象外になってしまう。何でも調べられるわけじゃないのだ。

「どうしましょう？　別の避難所に向かいますか？」

「そうですね……。とりあえず今日はもう遅いですし、一晩休んで、また明日から行動しますか」

琹さんの提案を、私は承諾する。

夜も更けてきたので、今日はもう休むことにした。私たちは人気《ひとけ》のない所に移動すると、シェルハウスを取り出した。

「それじゃあ、メアさん、見張りをお願いね」

「ミャーウ」

外での異変に対応するために、メアさんに見張りをお願いすると、元気よく頷いてくれた。

その献身っぷりに思わず泣きそうになってしまった。

メアさん、本当にいい子である。思わずなでなでで、モフモフしていると、フードの中からハルさんの不機嫌な気配が伝わってくる。

「みゃぅ、みゃぁー」

自分も構えと言うことなのだろう。別に張り合わなくても良いと思うんだけどなぁ。

ハルさんはハルさんで、私たちの大切な仲間だし。

「こ、こんな道具があったのか……。凄いな……」

上杉さんは初めて入るシェルハウスに凄く驚いていた。

琹さんの作るご飯も気に入ったらしく――というか、この数日間、碌にご飯も食べてなかったらしく、もりもり食べていた。

順番にシャワーを浴び、布団《ふとん》に横になるとすぐに睡魔が襲ってくる。

「しかし病院の人たちがテントですし詰め状態で休んでいるのに、私たちだけがこうも快適に過ごしてはなんか申し訳ないな……」

「……」

上杉さんの一言に私は心が痛んだ。

確かに病院にいる人たちに比べて、私たちは遥《はる》かに快適な暮らしをしている。

でもそれは決して与えられただけのモノではない。

私たちだって、私たちなりに苦しんで努力してきた結果だ。

「上杉さん、分かってると思いますが……」

「分かっている。誰にも言わないよ。こちらからお願いしてる立場だしな。それにこのアイテムだって楽に手に入れたわけじゃないんだろう？　相手の事情も知らずにただ物を強請《ゆす》るなんて恥知らずな真似《まね》はせんさ。安心してくれ」

「……」

どうやら上杉さんもその辺は理解しているらしい。

申し訳なさそうな表情を浮かべている。

それでもやるせないと思ってしまったのだろう。

「……上杉さん、絶対に見つけ出しましょう。これ以上犠牲者を出さないためにも」

「そうだな」

そう決意して、私たちは眠りについた。

――次の日の朝、病院には多くの死体が転がっていた。

●

「……そんな、どうして……？」

目の前の惨状を見て、私は愕然《がくぜん》とする。

どこを見渡しても死体、死体、死体、死体。

泣き叫ぶ子供、正気を失う男性、もはや微動だにしない老人。阿鼻叫喚《あびきょうかん》の地獄絵図。

昨日まで避難所として機能していた病院は、もはやそこには無かった。

「メ、メアさん、どういうこと？　何かあれば、すぐ知らせるって……」

「ミャ、ミャー……？」

私はメアさんの方を見るが、メアさんも何が何だか分からないと言った声を上げる。

何か異常があれば直ぐにメアさんが気付くはず。……まさか、メアさんに気付かれないまま、これだけの凶行を行ったとでも言うの？

そんなことが……いや、できるかもしれない。だって、今の世界にはスキルという便利な力があるのだ。隠密系のスキルや、職業『引き籠《こも》り』の持つ『認識阻害』のような周りに認識させなくなるスキルでもあれば不可能じゃない。

（ああ、認識が甘かった……）

私は自分の愚かさを呪う。その可能性に気付ければ、検索さんに調べてもらえばいくらでも出てきたはずなのに。

心のどこかで慢心があったのかもしれない。自分たちならこの惨劇を止められるんじゃないかって思い上がってたのかもしれない。

でも違った。私たちには何もできなかった。

「皆さん、落ち着いて！　落ち着いてください！」

「早く！　誰かこの子を助けてください！」

「待ってくれ！　俺《おれ》の妻が先だ！」『先生は？　先生はどこにいるんですか？』

「勝手な行動をするな！　他の患者もいるんだぞ？」

「慌てないでください！　順番を守って――」「そんなこと言ってる場合かっ！」「順番を待ってる間に死んだらどうするのよ？」「お前の子供はもうとっくに死んでるだろうが！」「おい、お前やめ――」『いや、いやあああああああああああああああああああ！』

耳を閉じても、喧騒《けんそう》は聞こえてくる。

泣き声が、叫び声が、怒声が、悲鳴が、音の津波となって押し寄せてくる。

「ッ……私たちも手伝おう。今は少しでも混乱を収めなければ！」

「そうですね。自分は向こうを、上杉さんはそちらをお願いします」

「ああ、分かった！」

すぐに上杉さんと栞さんは動き始めた。こんな状況でも、飲み込まれずに行動に移れるなんて本当に凄い人だ。

「……」

一方で、私は座ったまま動けないでいた。……なんだろう、この感覚。以前にも、こんな風になった覚えがある。これは——そうだ、あれだ。学校でベヒモスに襲われた時だ。あの時も、こんな気分だった。

——無力感。

自分には何もできない。そんな風に思ってしまうほどの……。

「えいっ」

「いたっ……」

すると、誰かに頭を叩かれた。

見上げると、先輩がむすっとした顔で、私を見下ろしていた。

「なんであやめちゃんが落ち込んでるの？」

「先輩……いや、だって……」

「もしかして私たちがしっかり見張ってれば防げたかもしれないって思ったの？」

「ッ——はい……」

すると先輩ははぁーと大きな溜息《ためいき》をついた。

「あやめちゃんはさ、神様にでもなったつもり？」

「そ、そんなこと――」

「じゃあ仕方ないよ。未来のことなんて分からないし、相手がどんなスキルを持っているかも分からなかったんだよ？　他にどうしろって言うのさ？」

「それはその……もっと、警戒とか見張りとかをきちんとして、あと検索さんに頼んで隠密系のスキルや職業はどんなものがあるかとか調べるとかいろいろ――そう、いろいろできたはずなんです。それなのに私は何もしなかった。しなかったんですっ」

八つ当たりのように怒鳴る私に、先輩はやれやれと溜息をつく。

「ならそれを次に活かすしかないじゃん」

「……」

「割り切れなんて言わないけど、昨日の時点では私たちはそこまで考えられなかったんだからどうしようもないじゃん。私だって悔しいよ。凄く、すごーく悔しい。でもそれで落ち込んでたら何かが変わるの？　状況はよくなるの？　被害者が減らせるの？　犯人を見つけられるの？」

「……無理です」

「でしょ？　だったら前を向かなきゃ。反省も後悔も失敗も、次に活かさなきゃ駄目だよ。じゃないと、死んだ人たちが浮かばれないよ？　勝手かもしれないし、私たちの心の問題かもしれない。でも、失敗を活かして次に進めるのは生きてる間だけなんだよ？　前に進もう、あやめちゃん」

「……そう、ですね……。先輩の言う通りです。何もできなかったなら、次は何かできるようにしなきゃいけない。それが殺された人たちへのせめてもの贖罪《しょくざい》になる、か……。ありがとうございます、先輩。少し元気が出ました」

「うん、良かった。……と言っても、私も何もできなかったし、『先輩にそんなこと言う資格ありませんっ！　偉そうなこと言わないでください』とか言われたら泣いちゃうところだったよぉー」

「……先輩」

そこはもうちょっとしっかりと威厳を保ってほしかったです。でもそんな先輩だから、元気を分けてもらえたのだろう。

「みゃぅー、みゃぁー」

「ひゃんっ、くすぐったいよ、ハルさん……」

「みゃぅー」

ハルさんは私の肩に乗っかって、ペロペロと顔を舐《な》めてくる。ハルさんなりに私を元気づけてくれているのかもしれない。

「……栞さんたちを手伝わなきゃですね」

「うんっ」

私は立ち上がると、先輩と一緒に栞さんたちの元へと向かおうとした。

――その瞬間だった。

「ッ――!?」

背筋がゾワリとした。ねちっこくどろどろとした悍《おぞ》ましい感覚。反射的に私は後ろを向くが、それらしい視線の主は見当たらない。

（なに、今の感覚……？）

凄《すさ》まじく不快で怖気《おぞけ》の走るような視線だった。でもその感覚には身に覚えがあった。

どこだ？　思い出せ……。もうこんなことを繰り返さないためにもどんな些細《ささい》なことにも疑問や注意を払うんだ。

（そうだ、思い出した。自分に『鑑定』を使われた時！　あの感覚だ！）

あの自分の内側を覗《のぞ》かれるような得体のしれない感覚。今のはそれを何倍にも濃くしたような感じだった。

（でもこの場で鑑定を使えるのは私と先輩、それに栞さんくらいのはず……）

昨日探した時点ではそれらしい人物はいなかった。

でもあれだけの視線、あれだけの悍ましさを感じさせるほどの『鑑定』を持つ人物。

心当たりは一つしかない。

（――殺人鬼……）

この大量殺人を行った犯人。これほどの犯行を行った犯人なら『鑑定』を持っていても不思議じゃない。

いる、間違いなく近くにいるのだ。この地獄を引き起こした殺人鬼が……。

私はできるだけ平静を装いながら、周囲の人々を観察し始めた。

私は視線の主に気付かれないようにそれとなく周囲を警戒する。

「……ハルさん、メアさん、周囲を警戒して。何かあれば直ぐに教えて」

「みゃぁー」

「ミャゥ」

ハルさんは肩の上に乗りながら、メアさんは影の中からそれぞれ返事をする。

（あくまで自然体で……。絶対に相手に気付かれないようにしないと……）

これだけのことを平然と行えるような人物だ。危険なだけじゃなく、職業やスキルのレベルもかなり高いだろう。なるべく平静を装いながら、私は先輩の元へと急いだ。

「先輩、ちょっといいですか？」

「ん？　どうしたの、あやめちゃん」

「とりあえずこれを見てくれますか？」

私は目立たないように指先を操作して、先輩に『メール』を送る。

一瞬、先輩は首を傾げたが、私の意図を察したのかステータスを開いてメールを確認した。そして次の瞬間、表情が変わった。

「えっ、犯人が近くに――むぐっ」

「しーっ、先輩、声が大きいです！　静かにしてください」

慌てて先輩の口を塞《ふさ》ぐと、先輩は落ち着いたようで指でオッケーのサインを出す。

私は先輩から手を離すと、ステータスを操作して先輩とメールでやり取りをする。

（そんなわけで犯人が近くにいるかもしれません。かなり手間かもしれませんが、今後は周囲に人がいる場合、重要な内容はできるだけメールで会話しましょう）

（……？　何で？）

（会話が相手に盗聴される可能性があるからです。検索さんにそういうスキルがあるって教えてもらいました。メールを打つ動作もできる限りポケットに手を入れたりして目立たないようにしてください。不審な動きをすれば相手に勘付かれる可能性があります）

（なるほど、了解だよ）

先輩はこくりと頷いた。

検索さんに協力してもらえば、その手のスキルはいくらでも調べられるからね。片っ端から調べてもらった。

盗み聞き、盗聴、聞き耳、観察、遠見、望遠等々、周囲から情報を集めるスキルは文字通り山のようにあった。

一つ一つ効果や取得条件を確認したいけど、流石《さすが》にそんな時間はない。

検索さんにはこれまでの犯人の行動から、取得している可能性の高い職業とスキルをピックアップしてもらった。

一番可能性が高いのは『密偵』か、その上級職の『暗殺者』かな？　加えて職業スキル以外にも強力なスキルを持ってる可能性が高い……。

そうじゃなければ、百人近い人がいるこの病院で、こんな大量殺人を行うなんて不可能だ。

でも一番分からないのは、どうしてこんなことをするのかだ。

殺人をするのが楽しいから？　それとも他に理由があるのだろうか？

《殺人を行うことで手に入るスキルがあります》

すると検索さんが私の疑問に答えてくれた。

《スキル『同族殺し』は同族を殺すと手に入るスキルです。同族と戦う際にステータス及びスキル効果に補正が掛かり、更に経験値効率がアップします。ただしデメリットとして一部の耐性スキルが取得不可能になり、ＬＶが上がるごとに取得できなくなる耐性スキルの数が増えます。基本的には同族を殺した際、低確率で手に入るレアスキルに分類されます》

そんなスキルがあるんだ。なんておぞましいスキルなのだろう。

いや、今のこの世界なら間違って人を殺してしまうこともあるだろう。特に世界がこうなった最初の夜なんか、車で間違って人を轢《ひ》いてしまった――なんてことも十分あり得る。低確率とはいえ、偶然でもそんなスキルを手に入れてしまった人がいるならば、同情を禁じ得ない。

《また『同族殺し』の上位スキルとして『大虐殺』、更にその上位スキルとして『獅子身中《しししんちゅう》』、『大逆無道』、職業として『虐殺者』、『殲滅者《せんめつ》』、『戦争代理人』、『狂信者』、種族として『邪血人』、『滅びの徒』、『反神人』などが存在します。いずれも同族を殺した数に応じてＬＶが上昇し、スキル効果もより強力なものになります》

スキルだけじゃなく職業や種族まであるんだ。種族って確かＬＶ30になったら進化できるってい
うアレだよね？　絶対なりたくない。
……ちなみにだけど、その『同族殺し』が上位スキルに上がるまでにはどれだけの人を殺す必要
があるの？
《スキル『同族殺し』はＬＶと同じ数の同胞を殺すことでＬＶを上げます》
つまりＬＶ２に上がるには二人、ＬＶ３に上がるには更に三人殺さなきゃいけないいってこと
か……。
ＬＶ10まで上げるには五十五人以上殺さなきゃいけない。そんなの人間の所業じゃない。
でも多分、この犯人はもっと殺してる。
上杉さんの話を信じるならば、この殺人鬼はこの病院と、あの学校以外でも殺人を繰り返してい
る。ならば殺した人数はとっくにＬＶ10に上がるための人数――五十五人を超えている可能性が
高い。『同族殺し』の上位スキルの『大虐殺』、下手をすれば更にその上位スキルすら持ってる可能
性が高いのだ。
――検索さん、ちなみにその同族と戦う際のステータス補正ってどれくらいなんですか？
《『同族殺し』の場合、ＬＶ×10の数値が全ステータスに加算されます。戦闘時におけるスキル効
果は最大30％上昇します》
《『大虐殺』の場合、ＬＶ×30＋１００の数値が更に全ステータスに加算されます。戦闘時におけ
るスキル効果は60％上昇します》

大虐殺の＋１００の部分はどういうことですか？

《上位スキルを取得した場合、スキルが統合することがあります。『大虐殺』を取得した場合、『同族殺し』は『大虐殺』に統合されるので、その分が加算されるのです》

なるほど、＋１００の部分は『同族殺し』の上昇分ってことか。つまり『大虐殺』も最大まで上げた場合の上昇値は＋４００。

上杉さんの『猛攻』や『絶戮』の上昇値がバグってる所為《せい》で少なく感じるけど、これは相当な脅威だ。

検索さんにいろいろ調べてもらいながら、私はそれとなく周囲を見回す。

さっきの視線は、今は感じない。

でも、もし『鑑定』を使われたとしたら、向こうに私がスキルを持っていることも分かったはず。

犯人にしてみれば戦える力を持った私は厄介《やっかい》な相手だろう。だとすれば、何かを仕掛けてくる可能性は十分考えられる。それもできるだけ、私の不意を突くような形で。

「……先輩、とりあえず私たちも病院の中へ入りましょう」

「分かった」

私は先輩と共に病院の中へ入る。

中はさらにひどい混乱状態だった。

「うっわ、凄い人だね……。ど、どうしよう、あやめちゃん」

「とりあえず栞さんと上杉さんの方へ――あっ」

人ごみが酷いせいか、私は後ろから来た男性とぶつかってしまった。

「どこ見て歩いてんだ！　くそがっ」

「す、すいません」

盛大に尻《しり》もちをついてしまった。男性は私の方を見ようともせず、どこかへ行ってしまう。

「何あれ、ぶつかって来たのは向こうじゃん」

「仕方ないですよ、先輩。こんな時だし、皆余裕がないんです」

悲しいけど、誰もが自分のことで精一杯なのだろう。すると、一人の看護師さんが私の方へとやってきた。二十代後半くらいの女性だ。

「大丈夫？　怪我はない？」

「すいません、大丈夫です」

差し出された手を握り返し、私は立ち上がる。

「あなたたちは……見ない顔ね？　今日、避難してきた人たちかしら？」

「はい」

「そうなの？　……ごめんなさいね？　せっかくモンスターから逃げてきたっていうのにこんな状況で……」

申し訳なさそうな表情を浮かべる彼女に、私たちはできるだけ表情を明るくして答える。

「いえ、大変な状況なのは理解しています。あの……私たちにも何か手伝えることはありませんか？　少しでもみんなの力になりたいんです」

「それは……正直、とても助かるけどいいの？　どこかで休んでくれててもいいのよ？」

「大丈夫です。なんでも言ってください」

「ありがとう。それじゃあ、怪我人の手当てを手伝ってもらおうかしら。やり方はこっちで教えてあげるから」

「分かりました」

私と先輩は看護師さんの後をついていく。移動がてら簡単な応急措置のやり方を教えてもらった。とても丁寧で分かりやすいので、私も先輩もすぐに頭に入った。しばらくすると、広い吹き抜けのロビーに辿り着く。大勢の怪我人やその家族でごった返していた。上杉さんや栞さんの姿もあった。

「――とまあ、こんな感じなのだけど、大丈夫そう？」

「大丈夫です。説明がお上手なので、凄く覚えやすかったです」

「うん、現場のプロって感じだね」

私の言葉に先輩もコクコクと頷く。看護師さんはちょっと照れくさそうな笑みを浮かべた。

「ふふ、ありがとう。それじゃあ、手伝ってもらえるかしら？　あなたたちのお友達も手伝ってくれてるみたいだし、今、道具を持ってくるわ」

「よろしくお願いします。……って、あれ？」

私、栞さんや上杉さんのこと、この人に話したっけ？

看護師さんが私の横を通り過ぎようとする。そのすれ違いざま――何かが私の首筋に当たった。

カランと、音を立てて何かが私の足元に落ちる。それは――メスのような鋭利な刃物だった。

「――え？」

一瞬、私は何が起きたのか理解できなかった。

「あら？」

すると看護師さんも不思議そうな表情を浮かべている。

お互いに何が起こったのか分からないという感じに。もぞりと、私のフードが動く。中から出てきたのはメアさんだ。三体に分裂しているためか、その大きさは一匹の時より小さい。どうやら私に内緒で隠れていたようだ。

「フシャァー！　ミャァァアア！」

そのメアさんは全身の毛を逆立て、目の前の人物を――看護師さんを精一杯威嚇《いかく》する。同時に、私の首筋から黒い霧が発生していた。足元に落ちた刃物にも黒い霧が纏《まと》わりついていた。

「ッ…………！」

私は無意識に自分の首筋に手を当てていた。びっしょりと背中から汗が噴き出し、全身から鳥肌が立つ。

私は目の前の看護師さんへ向けて『鑑定』を使った。

《――鑑定が妨害されました》

無機質なアナウンスが脳内に響く。それは『当たり』だという何よりのサイン。

同時に、看護師さんの顔から笑みが消えた。

「あらあら、やっぱりスキル持ちは簡単には殺せないわね」

冷酷な殺人鬼がそこにいた。

●

目の前にいる女性を見つめる。

先ほどまでの親しみやすい女性という印象は一瞬で掻《か》き消えていた。笑みの消えた彼女からは、ただひたすらに恐怖を感じる。

（――怖い……）

チリチリと肌を刺す焦燥感《しょうそうかん》。思わず目を背けたくなるほどの圧迫感。

彼女は人間のはずなのに、まるであのベヒモスと相対したかのような錯覚さえ覚える。

「……どうしたのかしら？　何を怖がってるの？」

「ッ……！」

彼女は首を傾げながら、笑みを浮かべる。

ぱっくりと口が三日月のように裂け、頰《ほお》に赤みが差し、目がとろんと溶ける。

「ああ、凄く良い表情ですね……。そんな熱烈な表情しちゃって、私を誘ってるんですか？　ああ、悪い子ですねぇ……うふふ」

な、何を言っているんだ、この人は？　分からない。理解できない。怖い、怖い、怖い。

「せ、先輩！　今すぐ――」

だが私の言葉は最後まで続かなかった。

その前に、目の前の殺人鬼が動いた。いつの間にか、彼女の右手には拡声器が握られていた。先ほどの刃物といい、そんなもの、一体どこから？　彼女は大きく息を吸うと――、

『院内にいる皆様！　緊急事態です！　たった今、一階フロアに凶悪犯が現れました！　ただちに避難をしてください！　繰り返します！　一階フロアに凶悪犯が現れました！　ただちに避難してください！』

「なっ――⁉」

凶悪犯……なにを言っているんだ、この人は……？

いや、そうか――そういうことか。その行動に、私は歯噛《はが》みした。

看護師の緊急アナウンス。その効果は劇的だった。

「う、うわぁああああああああああ！　早く逃げろおおおおお！」「おい、押すな！」「こ、怖いよー！」「殺される！」「早く逃げるんだ！」「きゃあああああああああああ！」「嫌だ、もう嫌だあああああああああ！」

病院内はたちまちパニックに陥《おちい》った。

「ッ……先輩！」

「あ、あやめちゃ――わっぷっ」

人の群れはあっという間に壁を作り出し、私と先輩を飲み込んでしまう。

視界の端であの殺人鬼が笑っていた。まさか、この混乱に乗じて私たちを攻撃するつもり？

「流石にアナタとお仲間の背の高い女性を正面から相手にするのは面倒そうですね。なのでここは退かせてもらいます」

そういうと、彼女はあっさりと私たちに背を向けた。

「な……逃がさない！　待てっ！」

慌てて私は彼女の後を追おうとする。

人ごみの中であっても、その姿を見失わないように必死に目で追いながら、強化されたステータスで一気に接近しようとする。

「──無駄ですよ」

だが次の瞬間、私の目の前に『壁』が出現した。

正確には椅子《いす》やテーブル、ベッドや売店の陳列棚などがいきなり現れ、私の行く手を塞いだのだ。

「ッ──なにこれ!?」

さっきの不意打ちといい、一体これは何のスキルなの？

《スキル『アイテムボックス』による収納と解放です》

《アイテムボックスは収納した道具を任意の場所に取り出すことができます。それを応用し、壁を作り出したと考えられます》

私の疑問に検索さんが瞬時に答えてくれる。

アイテムボックス──物を収納するだけの便利なスキルだと思ってたけど、まさかこんな使い方があったなんて……。

でもどうしよう……？　このままじゃ彼女を見失って――、

「――アイツが犯人なんだな」

後ろから声が聞こえた。同時に、ヒュンッと風を切るような音。

私が後ろに眼を向けようとしたその時、目の前に出現した壁が一瞬で消え去った。いや、違う。薙《な》ぎ払われたんだ。後ろから走ってきた上杉さんの一撃で。それだけじゃない。飛び散った椅子やテーブルは全て壁や床にぶつかり、周囲の人々に怪我一つ負わせていない。

「な――⁉」

「お前が犯人か！」

私が再び前に視線を向けた時には、既に上杉さんは殺人鬼に接近していた。

これには流石の犯人も驚いているようだ。

周囲の人々を飛び越えて、一直線に彼女に迫る！　それは桁《けた》外れの膂力《ステータス》を誇る上杉さんだからこそ可能な力技だった。

「ッ――化け物ですね、アナタも」

「貴様が言うな！」

上杉さんの拳が犯人に迫る。だがその直前、彼女は人差し指をどこかに向けた。上杉さんにはその意味が分からなかっただろう。だが距離が離れていた私にはその意味が理解できた。

「上杉さん！　車が！」

突如として、ワゴン車が犯人と上杉さんから少し離れた位置に出現したのだ。

そう──混乱する人々を押し潰《つぶ》すような形で。

「ッ──⁉」

それはおそらく上杉さんならギリギリ反応できる位置。殺人鬼の女性は笑っていた。

──ほら、いいんですか？　私よりも、彼らを早く助けないと。

そんな声が聞こえてくるようだった。

「貴ッ様あああああああああああああッ！」

上杉さんは動いた。

一瞬でワゴン車の下に移動し、両手で落下を阻止する。

「ぐっ……ぬぉぉおおおおおおおお！」

「あぁ……あ……」「た、助かった……？」「すげぇ……」

潰されそうになっていた人たちが腰を抜かしてその場にへたり込む。

もし上杉さんが助けなければ、彼らは今頃押し潰されていただろう。だがそれこそが殺人鬼の狙《ねら》いだった。既に彼女の姿はなく、その気配も消えて探ることができない。

私たちはまんまと彼女の策にハマり、逃走を許してしまったのだった。

●

その後、私たちはすぐにあの病院を離れた。

あのまま病院に留まっていれば、自分たちにあらぬ疑いが懸けられ、動きが拘束されると思ったからだ。説明するにも、信用を得るにも、時間が掛かり過ぎる上、自由に行動できなくなる。そうなっては相手の思うつぼだ。もしそれすらも彼女の狙いだったとすれば、恐ろしいほどに頭が回る。

「……直ぐに病院を離れたのは正解だったな。少し様子を見てきたが、残された人たちの間では、もう私たちのことが噂《うわさ》になっていたよ」

今、私たちは病院から少し離れた民家に身を潜めている。

偵察から戻ってきた上杉さんの言葉を聞いて、先輩が悔しそうな表情を浮かべた。

「……私たち、なにも悪くないのに……」

「仕方ないですよ、先輩。悔しいですが、相手の方が一枚上手《うわて》だったんです」

「でも……っ」

「分かってます……。ちゃんと分かってますから」

悔し涙を浮かべる先輩の頭を撫《な》でる。

時間を掛けて彼らを説得すれば、私たちは無実だと信じさせることもできるかもしれないが、そんな時間をあの殺人鬼が与えるとは思えない。

すぐに次の手を打ってくるはずだ。

「……認めたくないですが、あの動きは見事でしたね。奇襲、扇動、そしてスキルの使い方が上手《うま》すぎます。自分もそこそこスキルは使いこなせている方だと思っていましたが、あれは文字通りレベルが違う。物を収納するだけのアイテムボックスをあんな風に使うなんて……」

「そう……ですね」

栞さんの言葉に私も頷く。

物を収納するだけのアイテムボックスをあんな風に使うなんて思いもしなかった。

本来戦闘には使えないスキルも、使い方次第では立派な武器になるのだ。

「厄介なことになりましたね。病院にいる人たちに危険を伝えようにも、今の私たちじゃ信じてもらうのは難しいでしょう。それに……相手は姿を変えられる。もしかしたらもう別の顔で潜り込んでいるかもしれません」

「……」

三木《ミキ》さんの発言に、その場に重い空気が流れる。

そう、厄介——いや、最悪な点はそこだ。病院から逃げる途中、私たちは『ある死体』を見つけたのだ。

それはあの看護師の死体だった。

道路の真ん中に目立つように置かれていたその死体は、手足を拘束され、表情は恐怖で歪んでいた。おそらく本当の看護師を殺して成りすましていたのだろう。あまりにも残虐で、本当に同じ人間なのかと疑いたくなるほどだった。

(奇襲、アイテムボックス、同族殺し、そして変身……)

人を殺すことに特化したようなスキル構成だ。本当に厄介極まりない。

「あれは人ではない。人の皮を被った化け物だ。どうにかして食い止めないと被害者はどんどん増え続けるぞ」

「そうですね……」

どうにかしてこれ以上の凶行は食い止めないといけない。

「……モンスターって脅威があるのに、どうしてあんなことができるんだろうね？」

先輩はぽつりとそんなことを呟《つぶや》いた。

「だってそうじゃん。こんな世界だからこそ、皆で力を合せなきゃいけないのに……。意味分かんないよ……どうしてあんな簡単に人を殺せるのさ？」

「先輩……」

すると、栞さんが口を開く。

「こんな世界だからこそかもしれませんね」

「え？」

「レベル、職業、スキル、モンスター……。あまりにも現実味が無さすぎて現実と思えない。だったら、今までの自分とは違う自分になってみたい。そう考える人だっていると思います。まあ、それが人を殺していい理由にはなりませんがね」

「その通りだ。この世界がどれだけ現実味が無かろうと――いや、だからこそより人間らしく振る舞わなければ意味がない。私たちは人間なのだからな」

栞さんの言葉に続くように、上杉さんが自分の意見を述べる。

その通りだ。こんな世界だからこそ、自分勝手な振る舞いは身を滅ぼすことになる。

「ともかく今はヤツを早く追おう。何か手はないのか？」

「うーん……」

上杉さんの言葉に、私は腕を組んで唸《うな》る。

ただ追うだけじゃ駄目だ。今のままではどうしても後手《ごて》に回っちゃう。これ以上の犠牲者を出さないためにも、どうにかして先手《せんて》を打たないといけない。

「相手の居場所が分かるか、変装を見破れるスキルでもあればいいんですけど、検索さんに調べてもらったら、最低でも三日は掛かるみたいなんですよね」

相手の位置を把握する『追跡』、変装を見破る『看破』。どちらも習得には時間が掛かる。

時間を掛ければ、対策は立てられるし、こちらから先手を打って出ることもできる。

でもその間にも犠牲者は増え続ける。必要な犠牲と割り切るなんてできない……。

「にゃぁー」

「……ハルさん？」

するとハルさんが私の足をぺしぺしと叩いていた。

その口にはあの看護師が落とした刃物の破片が咥《くわ》えられている。ハルさんは破片を地面に置くと、鼻をひくつかせた後、もう一度私の方を見た。

「にゃぅ、にゃぁー」

「……もしかして、そのナイフの匂いを辿って追跡できるの？」

「みゃう」

ハルさんは頷いた。

凄い、そんなことできるんだ。てっきりそういうのって犬の専門分野だと思ってた。

栞さんは顎《あご》に手を添えて唸る。

「……確かに犬ほどではないにしても、猫も嗅覚《きゅうかく》は発達していますからね。ましてやただの猫ではなく『猫又《ねこまた》』に進化しているのであれば、追跡も可能なのかもしれません」

なるほど、そうなんだ。でもこれは嬉しい誤算だ。

「……ハルさん、お願いできる？」

「みゃうー」

任せろと言わんばかりに、ハルさんは走り出した。

私たちは走るハルさんを追いかける。

ハルさんは時折、すんすんと確かめるように地面の匂いを嗅《か》ぐ。

「……みゃぅ」

そして再び走り出す。私たちでも付いてこられるように時折止まって後ろを振り向いてくれる。

「……本当に大丈夫なのか？」

「今はハルさんを信じるしかありません」

訝《いぶか》しげな視線を送る上杉さん。

まあ、言いたいことは分かる。ドラマとかで犬が犯人を追跡するってのはよく見るけど、猫ってそんなイメージないもんね。

でも栞さんも言ってたけど、猫の嗅覚は人間の数万倍から数十万倍もあるらしい。

人間には分からない匂いも、猫なら分かる——かもしれない。

ちなみに犬の嗅覚は個体によっては人間の一億倍近くあるとか。わんわん凄い。

走っていくとどんどん住宅街へと進んでゆく。一体どこに隠れているのだろうか？

「みゃぅ」

するとハルさんはとあるコンビニの前で立ち止まった。

電気は消えているが、遠目でも窓ガラスが割られ、中のモノが散乱しているのが分かる。

「……ここに彼女がいるの？」

「みゃぅ」

ハルさんは頷くと、私の足元にすり寄ってくる。

撫でてあげると、気持ちよさそうにゴロゴロと鳴いた。可愛《かわい》い。でも気を引き締めないと。

気配は何も感じない。でも犯人は気配を消すスキルを持っている。隠れているとしたら、迂闊《うかつ》に中に入るのは危険だ。最適なのは——、

「……先輩、あのコンビニに向けて火球《ファイヤーボール》をお願いできますか？」

「え？　で、できるけど……大丈夫かな？」

先輩は不安そうな目で見つめてくる。

あの中に犯人がいるのなら、周囲を囲んでからいぶり出せばいい。

病院とか人が多い所では使えないけど、この状況ならこれが一番いいはず。

私が眼で訴えると、先輩も頷いた。

「分かった。それじゃあ――」

「待て。それでは万が一、犯人をいぶり出せても周囲に引火する可能性がある」

だが先輩がスキルを使おうとしたに瞬間、上杉さんが待ったをかけた。

「私がやろう。犯人が逃げないよう周囲を見張っていてくれ」

「……？」

上杉さんは先輩みたいな遠距離攻撃のスキルを持っていなかったと思うけど？

とはいえ、上杉さんの言うことも一理あるので、私たちは身を隠しながら四方からコンビニを見張る。

一体どんな方法を使うのだろうか？　私たちが見守っていると、上杉さんは驚きの行動に出た。

「えっ――？」

なんと上杉さんは姿を隠そうともせず、堂々とコンビニへと近づいてゆくではないか。

一体何を考えているのか分からず見守っていると、上杉さんはコンビニの入口に立ちつくし――、

「ふぅー……」

大きく息を吸い込むと、

「オラァァアアアアアアアアアアアアアアアアアアアッ！」

その拳を、コンビニに向けて思いっきり突き出した。

次の瞬間――ズドンッッッ！　と凄まじい炸裂音《さくれつおん》と共に、コンビニが宙に浮いた。

（……え？　……ええええええええええええええ⁉）

ちょ、ちょっと待って？　なにこれ、どういうこと？　何が起こったの？

《ウエスギヒナタはコンビニに向けて正拳突きを放ちました。その結果、拳圧で地面が割れ、地中の支柱やパイプが切断され、コンビニが宙に浮いたようです》

すいません。何を言ってるか分からないです。

検索さんが今しがた起こった現象について説明してくれるが、意味が分からない。

なんで拳で建物が宙に浮くのさ？

《凄まじいステータスの成せる技です。いや、技と言うよりも力技でしょうか》

「え、えぇー……」

なにそれ、反則じゃん。

「ふぅー……、オラァァアアアアアアアアアアアアッ！」

更に上杉さんは宙に浮かぶコンビニ向けてもう一撃。飛んでパンチをどーん、である。

なにあれ、スーパーマン？　コンビニが隕石《いんせき》でも衝突したかのように破裂した。

（こ、これが『力』３０００越えの威力……）

上杉さんは大量に保有していたＳＰ《スキルポイント》で、絶戮、修羅、猛攻のレベルを上げた。

その結果、スキルを使用した場合、彼女の『力』、『耐久』『敏捷』は凄まじい数値へと上昇したのだ。でも、それにしたってこれは反則でしょう？

ただの殴る蹴るが、もはや必殺技の領域に入ってる。

（こんな威力、ソウルイーターの盾《たて》でも防ぎきれるか分からないよ……）

この人、単独でベヒモス倒せるんじゃない？　呆然《ぼうぜん》としていると、不意に足元のハルさんが声を上げた。

「みゃぁー！　みゃぅー！」

「ハルさん……？　あっ」

見れば誰かが地面へと落下していた。

どこか影のある痩《や》せこけた女性。

碌に受け身も取れなかったらしく、彼女は地面に落ちると苦しそうにうめき声を上げた。

「がはっ……な、何が……？」

彼女は何が起こったのか理解できていなかったようで、身を起こすと周囲を見回し――私と目があった。その瞬間、私は理解した。

「――見つけたっ！」

「ッ――」

彼女だ。顔を変えても、姿を変えても、誤魔化《ごまか》せないほどの歪《いびつ》な気配。そしてむせ返るような血の匂いがした。

「ふっしゃー！」

ハルさんが毛を逆立たせて威嚇している。これほどにハルさんが嫌悪感を示すのも珍しい。

「これはこれは……まさかこんなに早く再会するとは思いませんでしたよ」

彼女は表情をひきつらせながらも、私を睨《にら》みつける。

「もう逃がしません。今度こそ、ここでアナタを止めます」

「みゃぁー！」

絶対に止めてみせる。これ以上犠牲者を出さないためにも。

●

「動かないでください」

「ッ……」

ソウルイーターの切っ先を目の前の女性に付きつける。

改めて見るとかなりやつれた容姿をしている。年齢は二十代半ばほどだろうか？　真っ黒な髪に、病的なほどの白い肌。目の下のクマとこけた頰。そして首には何度も引っ搔いたような搔き傷があった。

「……いやはや、参りましたよ。降参です」

彼女はあっさりと両手を上げた。ただその視線は、目の前にいる私ではなく、上杉さんに向いている。

「……追跡されるのは想定内でしたが、まさか建物ごと破壊されるとは思いませんでしたよ。仮に中に入られてもいろいろと反撃できるよう準備もしていたのに……すべて無駄になってしまいましたね。一体どんなスキルを使ったんです？」

「スキルなど使っていないぞ。ただぶん殴っただけだ」

「………は？」

上杉さん、余計なこと言わないでください。殺人鬼の人、「え、マジ？」みたいな顔してますから。

「じょ、冗談がお上手なようですね」

「冗談ではないぞ」

上杉さんは彼女に近づくと、その足を思いっきり踏みつけた。鈍い音が鳴った。

「ぐぁ——ぁぁぁあああああああああああああ⁉」

「う、上杉さん⁉」

「騒ぐな、足を折っただけだ。また逃げられてはかなわんからな」

それはそうですけど、よく躊躇《ちゅうちょ》なくそれを実行できますね。女性の顔にはびっしりと脂汗が浮いていた。

「は、ははは……いいですね、容赦《ようしゃ》がない。ですが、理解できませんね。なぜすぐに殺さないのですか？」

「すぐに殺してほしいのか？　ならすぐにでも殺してやる」

「いやぁ、ご勘弁願いたいですね。私は死にたくない。お願いです、殺さないでください」

「ッ……！　戯言《ざれごと》を言うな！　お前はそうやって命乞いをした相手を何人殺してきたんだ？」

上杉さんの拳がみぞおちに命中する。鈍い音と共に彼女は大量の吐しゃ物を地面にまき散らした。

「あが……おえ、げぇぇぇぇぇぇぇ……。はは……そうか、そうですか……ははは」

涙と鼻水で顔を歪めながらも、何故か彼女は笑っていた。その不気味さに私は鳥肌が立つ。

「何だお前は……？　何でこの状況で笑っていられる？」

「いやぁ、とりあえず安心したので」

「……安心だと？」

「はい、殺されることはないんだと分かり安心しました」

「なに……？」

「だってアナタ、人を殺すのが怖いんでしょう？　私のような殺人鬼であっても」

「――」

上杉さんの表情が強張《こわば》る。殺人鬼は笑みを深めた。

「アナタは力を持ち、正義感に溢れてはいるがそれだけだ。こうして私を痛めつけることはできても、殺すことは絶対にできない。何故なら人を殺すのが怖いから。モンスターならいくらでも殺せるのに、人を、同族を殺すことはできない。自分が人殺しになるのが怖くて怖くて仕方がないのですよ」

「黙れっ」

「がはっ」

上杉さんは殺人鬼を殴る。それでも殺人鬼は笑みを消さない。

「ははっ、人を殴った感触はどうですか？　丸太や巻き藁《わら》を殴る感覚と全然違うでしょう？　心地よくないですか？　相手の命を握っている、相手を自由にできることに快感を覚えませんか？」

「黙れえええええええええええええええっ！」

殴られて殺人鬼は数メートル近く吹き飛んだ。その瞬間、彼女はその時を待っていたと言わんばかりに笑った。

「――アイテムボックス」

その瞬間、彼女の周囲に消火器が現れた。事前に栓を抜かれていたのだろう、ブシュゥゥ！　と音を立てて周囲が白煙に包まれた。

「ぐっ――」

「これは――？」

一瞬にして塞がれる視界。

だけど殺人鬼は上杉さんに足を折られている上、負傷している。遠くには逃げられないはず……。

「――きゃっ、なに――やめ――」

「ぐぁ……⁉」

「ッ――⁉」

今の声……先輩と栞さんの声だ。まさか――ッ⁉

煙が晴れる。

そこには先輩を人質に取り、折れたはずの足でしっかりと立つ殺人鬼の姿があった。

足元には気絶した栞さんが倒れている。先輩の首筋にナイフを当て、栞さんを踏みつけながら、私と上杉さんを睨みつける。

「形勢逆転ですかね」

「なっ……どうして？」

余裕の笑みを浮かべる殺人鬼。

先ほど上杉さんにやられた傷がどこにも見当たらない。

まさか回復系のスキル？　それも骨折を一瞬で直せるレベルの？

「いやあ、流石に回復系のスキルは持ってませんよ。ＳＰ《スキルポイント》も足りませんしね、ははは」

「……どうして？」

「答えると思います？」

《『癒《い》やしの宝珠』と呼ばれるアイテムがあります。どんな傷、呪い、状態であっても一度だけ完全に回復することができます。特定のモンスターまたはドロップボックス、ガチャのスキルオーブより一定確率で入手可能です。それを使用したと思われます》

すると私の疑問に検索さんが答えてくれた。ありがとうございます。てか、何ですかその反則アイテム。

「癒やしの宝珠……」

「おや、知ってたんですか？」

彼女は意外そうな表情を浮かべる。

「いや、違いますね。知ってたと言うよりも、今知ったという感じだ。んー、もしかしてアナタ、自分が疑問に思ったことを調べられる固有スキルでも持ってるんですか？」

「――ッ！」

「当たりですか。私の鑑定でもアナタの固有スキルは見えませんでしたからね。しかし、そうですか。それはそれは素晴らしいスキルを持っていらっしゃる。うーむ、そうなると殺すのは惜しいですし、話は変わりますね」

「……？」

一体何を言っているのか？　彼女は先輩にナイフを突きつけたまま、私の方を見つめる。

「……九条あやめさん、私と手を組みませんか？」

「は……？」

何を言っているんだ、この人は？　だが次の瞬間、頭の中にアナウンスが響いた。

《シキガミキサキが仲間になりたそうにアナタを見ています。仲間にしてあげますか？》

そのアナウンスの意味が理解できなかった。ていうか、なんで名前を――あ、『鑑定』か。

混乱する私に対し、目の前の殺人鬼――シキガミキサキは笑みを浮かべる。

「あれ？　おかしいですね？　アナウンスが聞こえませんでしたか？　仲間にならないか、と聞いたのですよ、九条あやめさん」

「ッ――」

ぞわり、と背筋に怖気が走る。何を言っているんだ、この人は……？

「九条、耳を貸すな」

「上杉さん……」

「私たちを混乱させるためのブラフだ。まともに聞くだけ無駄だ。今はあの二人をどうやって助けるのかだけを考えろ」

「そうですね……その通りです」

上杉さんの言う通りだ。今は何とかしてあの二人を助けないと。

「おや、心外ですね。私は本気で言ってるんですけど」

「だったら今すぐその二人を解放しろ」

「それはできません」

「ひっ……」

彼女は先輩の首筋にぴったりと刃を添える。

「そもそも私に言わせれば、アナタたちの方が理解できない。どうしてこんな世界になってまで、そんな風に善人でいようと思うんですか？」

「え……？」

「助けてましたよね、たくさんの人を。病院や、他の場所でも大勢の人を助けて感謝されていた。なんでそんなことをするんです？　する必要があるんですか？」

「なんでって……。そんなの――」

「当たり前のことだから、ですか？」

私が言うよりも先に、彼女は私が言おうとした台詞《せりふ》をそのまま被せてくる。

「人を助けるのは人として当たり前。力があるなら、それを他人のために使う。それを当たり前だとでも思ってるんですか？」

「当たり前だろうが。力の無い者を助けるのは、力を持つ者の責務だ」

私よりも先に上杉さんが答えた。それを聞いて彼女は心底下らないという表情を浮かべた。

「力はあくまで自分のために使うモノですよ。ああ、でもアナタの言い分も分かります。人に感謝されるのって気持ちがいいですもんね。自分よりも弱い人間がぺこぺこと頭を下げる様を見下ろすのは気分が良い。承認欲求が満たされますからね」

「ふざけたことを言うな！」

「ふざけてませんよ。事実でしょう？　それともアナタは見返りを求めないと？　『ありがとう』という感謝の気持ちも、言ってしまえば助けたことに対する見返りだ。それすら、アナタは求めないと？　無償の善意ほど空しいモノはないと言うのに」

「屁《へ》理屈を言うな。人間は助け合い、支え合って生きていく生き物だ！　そんな損得勘定だけで割り切れるようなモノではない！」

「……アナタはよほど光に溢れた世界で生きてきたのでしょうね。だからそれほど強大な力を持っていながら、それを他人のために使うことをいとわない。人の本質をまるで分かっていない」

彼女は落胆したように深くため息をついた。

「人助けなんてしても意味なんて無いんですよ。他人の感謝なんてその場だけのモノです。きっと次の日には忘れて、自分のことを考えてますよ？　薄っぺらくて気持ち悪い。口ではありがとうって言っても、心の中では『どうしてもっと早く助けてくれなかったんだ』って罵《ののし》るのが人間ってものですよ。テレビだってそうでしょう？　自衛隊や医者が百人、千人の人命を救っても、数人の怪我人やたった一人の犠牲者を出したことを罵倒《ばとう》し、無能だと蔑む。それが人間ってものです。自分は失敗するのに他人の失敗は許せないんですよ。……本当に薄汚い」

彼女は言葉を続ける。

「それなら好きに生きた方が得ですよ。人殺しだって、平和な世界では罪ですが、今の世界では意味のある行為です。だって殺せば、その分だけ自分が強くなれるんですから。競争社会と同じです。自分がのし上がるための必要な犠牲。そう割り切ってしまった方が楽でしょう？」

「楽、ですか……」

「そうです、楽なんです。それに楽しいですよ、人を殺すのって」

一切《いっさい》の曇りなくそう言い放つ。きっと彼女は本心からそう思っているのだろう。

「子供の頃、気ままにバッタやトンボを捕まえたり、殺したりしたのと同じです。圧倒的強者の立場から弱者を蹂躙《じゅうりん》するって凄く気持ちいいんですよ。ほら、こんな風に」

彼女は笑みを浮かべたまま、無造作に蟻《あり》を踏みつぶす。

「九条さん、私と手を組みましょう。アナタの力は他人のために使うモノじゃない。アナタ自身の欲望のために使うべきだ。私がアナタに教えてあげます。力の使い方も、快楽も全て。アナタの知らない世界を見せてあげましょう」

「……私の力は私のために使うべきだと？」

「ええ、その通りです」

「………確かにその通りですね」

「九条！　耳を傾けるな！　おい！」

上杉さんの手を振り払い、私は一歩前に出る。

そうだ。確かにその通りだ。私の力は、私のために使うべき。だから――、

「――先輩ッ！」

私はポケットにしまっていたそれを先輩に向けて投げつけた。

「？　なにを――」

殺人鬼にはそれが何か分からなかっただろう。咄嗟《とっさ》に先輩を盾にそれを避けようとする。

だがそれこそが私の狙いだ。

「先輩！　栞さんを踏んでください！」

「分かった！」

それに当たった瞬間、先輩と倒れていた栞さんが姿を消した。

「なっ――!?」

彼女の表情が驚愕に歪む。

人質にしていた先輩と栞さんは消え、残ったのは足元に転がる巻き貝だけ。

――シェルハウス。指定した人物だけを中に招待するアイテムだ。

登録していない人物が中に入るには、入れる人に触れる必要があるが、それも所有者である私の

許可が無ければ入れない。

先輩の足元にいた栞さんも、とっさに先輩が足で接触したことで一緒に入ることが来た。これで人質はもういない。私は一気に距離を詰める。

「ソウルイーター！」

「ぐっ……！」

彼女は咄嗟にナイフを構えるが──遅い。

剣で弾《はじ》くと、彼女はあっさりと体勢を崩して尻もちをついた。

私は素早くシェルハウスを回収し、殺人鬼の喉元《のどもと》に切っ先を向ける。

「確かにアナタの言うことも一理あると思います。でも私の力の使い方を決めるのは、私自身です。アナタじゃない！　私はこの力で先輩やハルさんのような大切な人たちを守りたい。その想《おも》いは、誰にも否定させませんっ！」

「……だったらどうするんですか？　殺すんですか、私を？」

「いいえ、殺さなくてもアナタを無力化する方法ならいくらでもあります」

「っ……！」

検索さんに調べてもらえば、スキルを封じるスキル、スキルを奪うスキル、行動を制限するスキル、洗脳するスキル、封印するスキル、他にもいろいろ出てくる。それを使って彼女を無力化する。

私が冗談を言っていないと理解したのだろう。先ほどと違い、今度こそ表情が強張る。

「先ほどと同じ手は通じませんよ。大人しくするなら、それほど痛い目を見ずに──　いや、死なない程度には痛めつけますけど」

取得には時間が掛かるかもしれないし、それまでの間彼女を拘束しておかなければいけない。それでも私はその手段を取る。でも先輩と三木さんを傷つけたのは絶対許さない。その分はきっちりボコボコにしてやる。

「私も忘れるなよ。今度は油断しない」

「先ほどのような目くらましも無駄です。同じ手は二度もくらいません」

「ぐっ……」

今度こそ、殺人鬼は演技ではない本気の焦《あせ》りの表情を浮かべた。

——詰みだ。私も、上杉さんもそう思った。

だが次の瞬間、ありえないことが起こった。

ドバァッ！　と、大量の水が私たちのいる場所へ向けて流れ込んできたのだ。

「「「なっ——⁉」」」

あまりにも突然の出来事にその場にいた全員が驚愕の表情を浮かべた。

この大量の水は一体どこから現れたのか？　その答えはすぐに分かった。

「きゅーーーー♪」

押し寄せる大津波に乗りながら、あのリヴァイアサンが姿を現した。

突如、巨大な津波に乗ってリヴァイアサンが現れた。

そういえば、検索さんがリヴァイアサンは水を発生させることで陸地でも移動可能って言ってたけど、それにしたってあんな大量の水を生み出せるなんて流石に予想外だ。

「でもなんでここにリヴァイアサンが……？　まさか私たちを追って来たの？　何のために？」

「きゅー♪　きゅいきゅい、きゅー♪」

リヴァイアサンの方を見れば、何故か嬉しそうに波の上でぴょんぴょん跳ねてる。まるで意味が分からない。流石の検索さんも、相手が何を考えてるかまでは検索できないし……。

だが目の前の彼女にとってはこの状況は千載一遇《せんざいいちぐう》の好機だった。

「は、ははは！　運はまだ私を見捨ててないようですねっ！」

「あっ⁉」

私たちがリヴァイアサンに気を取られている隙《すき》に、彼女は一目散にその場から逃走した。

「ちっ……九条、私があの化け物を引きつける。お前は彼女を追え！」

「え？　で、でも――」

「早くしろ！　モタモタしていればまた奴《やつ》を見失う！　私に索敵系のスキルは無い！　お前しか奴を追えないんだ！　これ以上被害者を出さないためにも頼む！」

「ッ……分かりました！　上杉さんも気を付けてください！」

「ああ！」

リヴァイアサンの相手は上杉さんに任せ、私は殺人鬼を追った。

絶対に逃がさない！

●

「ハァ……ハァ……」

一方、殺人鬼——四季噛妃《シキガミキサキ》はあやめたちの追跡を逃れるために必死に走っていた。

追跡を撒《ま》くために、細い裏路地を縫うように進む。この辺り一帯は彼女がもともと住んでいた地元だ。道は知り尽くしている。地の利は彼女にあるのだ。

「追っ手の気配はまだ遠い。ですが振り切れないか……厄介な。ですが多少時間は稼げるはずです」

初期獲得スキル欄に索敵系のスキルがあったのは本当に良かった。

おかげで相手の位置が手に取るように分かる。十分に距離を取ることができた。

「潜伏を……いや、適当な人間を殺して成りすました方がいいですかね」

彼女の持つ『変装』のスキルは、触れた相手の姿を借りることができるスキルだ。

レベルが低いため、自分と同じ性別の、似たような体格の人物にしか変装することはできないが、追っ手の目を欺くには十分な性能である。

「……よし、近くに丁度いい人がいますね」

スキルを使って気配を探れば、あやめとは別方向に人の気配を感じた。

気配からして女性だろう。好都合だ。殺して成りすましてやる。

彼女はアイテムボックスから武器を取り出し、気配のする方へと向かう。

「ああ、本当に今の世界は素晴らしいですね……」

彼女は心の底からそう思う。

今の世界には、かつての世界のような秩序も法も存在しない。強者はどこまでも強くなり、弱者はいつまでも弱者のままだ。

その逆は無い。声が大きいだけの弱者は、この世界では生きられないのだ。

いや、そもそも権利を振りかざすだけの弱者など、さっさと駆逐されるべきだ。

「あってはならないんですよ、数が多いだけで何もできない弱者が、強者の足を引っ張るだなんて」


——かつて彼女は医療に従事していた。

一人でも多くの人を救うために、彼女は寝る間も惜しんで働いた。

患者が快復に向かえば本人やその家族に感謝され、彼女は満たされていた。人の助けになることが、何よりも嬉しかったから。

だが、そんなある日、彼女は一人の患者を死なせてしまう。

ほんの些細なミスだった。普段の彼女ならしないような、それこそ一生に一度あるかないかと言えるようなミスだった。運が悪かったとしか言えなかった。

その結果、患者は死んだ。

彼女は遺族に子細に説明した。誠心誠意、謝罪し、きちんと説明すれば、きっと納得してもらえると思ったからだ。だって今まで自分は、患者のためにこんなに尽くしてきたのだから。

『この人殺しっ！』

返ってきた言葉は罵倒だった。

納得するどころか、彼らはあらゆる罵詈雑言《ばりぞうごん》を彼女に投げつけ、更にマスコミを使って、彼女のミスを世間にさらした。些細なミスをさも大げさに言い、「白衣の女医、その正体は死神」「血に塗《まみ》れた医療体制の現実」「元患者が語る彼女の狂気」などとセンセーショナルな飾り立てをして、世間を使って彼女を糾弾《きゅうだん》し始めたのだ。

務めていた病院も面倒事を避けるためか、責任の全てを彼女に押し付けた。たった一度のミスで、彼女は全てを失った。

――たとえ千人の命を救っても、一人の死を世間は許さない。

それまでに彼女がどれだけ医療に貢献したかも、どれだけ高い能力を持っているかも関係ない。事情も知らない世間からすれば彼女は患者を殺したやぶ医者で、マスコミもそう囃《はや》し立てた方が面白いからより煽《あお》る。

世間のイメージに流され、それまで担当していた患者も、彼女を糾弾するようになり、全てが否定された。

――こんな世界は間違っている。

彼女は復讐《ふくしゅう》を決意した。

自分の人生を滅茶苦茶にした患者の家族の元を訪れ皆殺しにしたのだ。その後で、自分も死ぬつもりだった。

だが復讐を遂げた瞬間、頭の中に声が響いた。

《経験値を獲得しました》

《シキガミキサキのLVが1に上がりました》

《一定条件を満たしました》

《スキル『同族殺し』を取得しました》

『これは……』

偶然にも、それは世界が変わった瞬間だった。

血に塗れた姿で彼女が外に出ると、そこにはモンスターがあふれ、死があふれ、残酷で、地獄のような世界が広がっていた。

『は、はは……あははははははははははははっ』

その瞬間、彼女の中で何かが壊れた。いや、既に壊れていた彼女にとって、それは最悪の後押しとなった。

『ああ、神様、ありがとうございます』

彼女は神に――この世界に感謝した。

人を殺せば殺すほどにレベルが上がり、スキルが手に入り、強くなれる。これほど素晴らしい世界はない。

もう人助けなんてやめよう。これからは自分のためだけに生きていこう。自分を受け入れなかった世界なんて要らない。命を救う者ではなく、奪う者としてこの世界を謳歌《おうか》しよう。

歪んだ大義名分と共に、彼女はたった数日で数えきれないほどの人を殺《あや》め、強くなった。

「――さあ、私のために死んでください」

そして今また、新たな獲物を殺そうとして――、

「……あぇ？」

彼女はその場から動けなくなった。腕が、足が、全くピクリともしない。

「な、なんで……？　一体、どうなってるのですか？」

体に痛みはない。麻痺しているわけでもない。にもかかわらず、体が全く動かないのだ。

まるで『見えない何か』が、自分をその場に縫い付けているかのように。なんとか眼だけを動かすと、彼女は自分の足元に刺さった『矢』に気付く。不思議なことに、その矢は地面ではなく、彼女の『影』に刺さっているように見えた。まるで彼女をこの場に縛り付けるように。

『相変わらず甘い奴だなアイツは。自分の同族一人を殺すのがそんなに怖いのかよ。俺たちと一緒にベヒモスなんて何倍もヤバい奴を相手にしてたってのによ』

『そう言ってやるな。甘さや優しさを捨てきれないのは悪いことではない。それは彼女の強さだ。だからこそ、我々も彼女と手を組んだのだからな』

声が聞こえた。

「ッ……⁉」

なんとか視線だけを動かして声のした方を見る。そこには、二体の骸骨《がいこつ》の騎士がいた。

その姿を見た瞬間、彼女は背筋が凍る感覚に襲われた。極寒の寒さが心臓の鼓動すら止めたかと思うほどの圧迫感。

（違う……。このスケルトンたちは、今まで私が倒してきたモンスターとは違う。比べ物にならない、文字通りの化物だ……）

今まで殺してきた人間も、モンスターも、ここへ来るまでに戦った彼女たちも、この二体のスケルトンに比べれば木っ端《こっぱ》も良いところだ。一瞬で彼女は力の差を理解した。

（ああ、なるほど、ここで終わりですか……）

自分は殺されるのだろう、このスケルトンたちに。

だがそれも悪くない。今の世界は強い者が全てだ。弱い者は蹂躙され、力を得た者はより強い力を持った者に殺される。その流れの中に自分もいただけ。ただそれだけだ。

（できるならもっと多くの人を殺したかったですが、まあいいでしょう）

彼女は満足していた。好きに生きることができたのだ。その中で死ねるのなら文句はない。

以前の、あの報われない日々に比べれば、何と充実した日々だっただろうか。

『……さて』

一歩、弓を持ったスケルトン――骸骨騎士のボルが自分に近づいてくる。

「ッ……！」

その距離が自分の残りの寿命なのだと彼女は確信した。

『ふっ、そう怖い顔をするな。我らは貴様を殺すつもりはない』

「……は？」

頭の中に響く声。おそらくは目の前のスケルトンの声なのだろうと彼女は思った。

モンスターが人間の言葉を使うことにも困惑したが、それ以上に話している内容の意味が分からなかった。

「こ、殺さないのですか……？　何故？」

『彼女は——あやめは君を殺さなかったのだろう？　彼女の実力なら、何度も君を殺す機会があったはずだ。……いや、殺せなかったのだろうな。彼女は優しすぎる。いざ目の前で誰かがモンスターに襲われれば体が勝手に動いてしまう。かと思えば、我らのような人外《じんがい》の者とも平気で握手ができる。そういう優しい心の持ち主なのだよ、彼女は』

「な、何を……言って……？」

一歩、また一歩、ボルはは彼女に近づく。

『我々が君を殺しては、そんな彼女の志を台無しにしてしまう。あやめ君が生きて罪を償《つぐな》うことを望んでいるはずだ』

「はっ、何を意味の分からないことをべらべらと……。殺すなら、さっさと殺したらどうですか？　罪を償う？　何を償うと言うのですか？　今の世界では殺される方が悪いんですよ！　弱い者にはなんの権利も価値も無い！　人を殺し、モンスターを殺し、あまねく屍《しかばね》の上に立つ強者こそがこの世界では正しいんです！」

『……確かに自分が生きるために、誰かを犠牲にする。それは間違いではないだろう』

「なら――」

『だがそれが弱者を――生きる者たちを好き勝手に踏みつけにしていい理由にはならない』

そう、生きることは生者に与えられた当然の権利だ。ここへ来る途中、ボルとベレは何度も諦《あきら》めず、絶望的な死の運命に抗おうともがく人々の姿を見てきた。死にたくない、生きたいと思う気持ちはなによりも強く美しい。死者である彼らにはそれがどうしようもないほどに眩《まぶ》しいのだ。

だからこそ、自ら破滅に向かおうとする彼女の生き方は受け入れられない。

『何より――死者である我々に『死』を望もうとは、あまりにも驕《おご》りが過ぎるぞ、人間よ』

トンッと、ボルは彼女の首に手刀を放つ。あっさりと、彼女は意識を失った。

●

私は彼女の気配を追って細い路地を進んでいた。その気配はだんだんと近づいている。

「近い……もうすぐ追いつくね」

「みゃぁー」

ハルさんは私の前を全速力で走る。早く追いついて決着を付けないと。

上杉さんは私たちのために、あのリヴァイアサンの相手を引き受けてくれた。

いくら上杉さんのステータスが反則的でも、相手はあのベヒモスに匹敵《ひってき》する怪物だ。おまけにスキルやその性質上、直接的な攻撃手段しか持たない上杉さんとは相性が悪い。

（早く彼女を無力化して、上杉さんの応援に行かなきゃ……。でも、どうすればいい？）

多分、私は彼女を殺せない。かといって、どれだけ痛めつけたとしても彼女が反省するとは思えない。

ロープや手錠で自由を奪うのはどうだろう？　……無理だ。アイテムボックスがあれば無効化できる。

じゃあ、どこかに……それこそシェルハウスの中に彼女を閉じ込める部屋を作ってその中に監禁する？　でも万が一、シェルハウスが外部から破壊されれば、逃げられる可能性がある。

あー、もう、何かいい方法は無いだろうか？

「……ミャァー？」

すると私の肩にしがみついていたメアさん――正確には三匹に分裂して小さくなったうちの一体が心配そうに顔を覗き込んでくる。残りの二体はそれぞれ上杉さんと、シェルハウスの中の先輩たちの元にいる。

「……大丈夫、心配しなくていいよ」

「……フミャ？」

本当？　と確認してくるメアさんを撫でる。その気持ちだけで十分だよ。

そしていよいよ彼女の気配のすぐ近くまでやってくると、そのすぐ近くに見知った気配を感じた。

「あれ……？　この気配って……？」

「みゃぅー？」『ミャァ！』

ハルさんとメアさんも気付いたようだ。

メアさんに至っては、その気配を感じたのが嬉しいのか、耳がピーンとなって、おヒゲがむずむず、そわそわしてる。ということは、やっぱりこの気配の主は間違いない。

「ボルさん！　ベレさん！」

視線の先に二体の骸骨騎士がいた。間違いなく、あの二人だ。

自分たちの帰る墳墓を探すと言っていたけど、どうしてこんなところにいるのだろうか？

『おお、あやめか。久しぶり――でもないな。三日ぶりか』

『けっ、無事だったようだな』

「はい、お二人とも無事で何よりです」

なんか凄く久々に会った気がするけるけど、まだ別れて三日くらいしか経《た》ってないいんだよね。

ここ最近、一日の密度が濃すぎて忘れそうになっちゃうよ。

「――って、あっ！　その人っ」

そこで私はボルさんが彼女を抱きかかえていることに気付いた。どうやら気を失っているらしい。

「ボ、ボルさん、その人は――」

『ああ、分かっている。説明は不要だ』

「え……？」

『おおよその事情は把握している。なので、とりあえず捕えておいた。しばらくは起きんだろう』

「お、おぉう、流石ですね……」

一体なぜ事情を把握しているのかは分からないけど、グッジョブです、ボルさん。

「――って、そうだ！　出会ってそうそうですいません。お二人の力を貸してもらえませんか？」

『力を貸す？　何をだ？』

「リヴァイアサンの討伐です。今、私たちの仲間が一人でリヴァイアサンの足止めを引き受けてくれているんです」

『リヴァイアサン……？　ああ、そういえば、この気配は確かにリヴァイアサンの気配だな。その近くに、もう一人、人間の気配がある。これは君の仲間か』

「はい、なのでお願いします。力を貸してください」

全くの想定外だったが、二人がここにいてくれたのは嬉しい誤算だ。ボルさんやベレさんと一緒なら、きっとリヴァイアサンにも勝てる。

『うーむ……』

だが、ボルさんはどこか気の抜けた表情――いや、骸骨だから表情はないけど、そんな雰囲気を出す。

『我らの助けが必要とは思えんが……』

「え、ど、どうしてですか……？」

予想外の返答に私は困惑する。すると、遠くから上杉さんの声が聞こえてきた。

「おーい、九条ーー！　どこにいるー！　大丈夫かー！」

あれ？　上杉さんはリヴァイアサンと戦ってたはずなのにどうしたんだろう？　もしかして倒しちゃった？　いや、違う。上杉さんの傍にもう一体、異なる気配を感じる。間違いない。この気配はリヴァイアサンだ。

「おーい、九条ー、そこかー」

上杉さんとリヴァイアサンの気配はどんどん近づいてくる。でもなんだろう、この感じ？

上杉さんの姿が見えてきた。そしてそのすぐ隣にはあのリヴァイアサンの姿も――って、えええええええ!?　な、なんで上杉さんがリヴァイアサンと一緒にいるの？　リヴァイアサンは襲い掛かる様子もなく、上杉さんの隣を波に乗ってすいすい移動している。

「う、上杉さん!?　大丈夫ですか？」

「う、うむ、別に問題ない。いや、問題はあるのだが、その……」

なんだろう？　上杉さんの様子がおかしい。まさかリヴァイアサンに何かされたのか？

……あり得る。検索さんはリヴァイアサンは物理、魔法ともに優れているモンスターだと言っていた。精神に干渉するようなスキルも持っているのかもしれない。

「上杉さん！　待っててください！　今助けて――」

『待て、あやめよ。落ち着くのだ。よく見るのだ。何か様子がおかしいとは思わないか？』

「え？」

前に出ようとした私をボルさんが止める。

「きゅいー♪」

すると上杉さんの傍にいたリヴァイアサンが前に出てきた。

その迫力に、私はごくりと唾《つば》を飲み込むが、ボルさん、ベレさんはどこかのんびりとした様子だ。

その異常事態に私が首を傾げていると、頭の中にアナウンスが響いた。

《リヴァイアサンが仲間になりたそうにアナタを見ています。仲間にしますか？》

…………………………はい？

一瞬、そのアナウンスの意味が理解できなかった。

《リヴァイアサンが仲間になりたそうにアナタを見ています。仲間にしますか？》

再び脳内に流れるアナウンス。うん、聞き間違いじゃなかった。

……聞き間違いであってほしかった。

「えーっと、上杉さん、これはどういう――」

「まて、九条。その前に、その後ろの骸骨どもはなんだ？　敵意は感じないが、大丈夫なのか？」

上杉さんは緊張した面持《おもも》ちで、私の後ろにいるボルさんとベレさんを見つめている。

『お、なんだ、人間？　やる気か？　面白れぇ、相手になるぜ？』

するとベレさんが楽しそうに槍《やり》を構えた。

「きゅー♪　きゅきゅーい♪」

「九条！　どういうことだ？　これは一体、どういう状況なんだ？」

「えーっと、そのぉ……」

ホントにどういう状況なんでしょうね……？　私が聞きたいくらいです。

「と、ともかくみんな、一旦《いったん》落ち着きましょう」

何から説明したらいいのか分からず、私は頭を抱えるのであった。

●

ひとまず私は上杉さんにボルさんたちのことを説明した。

その間、リヴァイアサンはずっと上杉さんの後ろで大人しくしていた。

「——なるほど、つまり彼らは九条たちが九州《きゅうしゅう》で共闘したモンスターで、何か事情があってこの近くに来ていたので、私たちに協力してくれたと？」

「はい、そういうことです」

「なるほど……言葉を話せるモンスターもいるんだな……」

「きゅぃー……」

うんうん、と頷く上杉さんとリヴァイアサン。いや、なんでリヴァイアサンまで同意してるのさ？

「それで上杉さん、今度はそちらの事情を説明してもらえますか？　どうしてリヴァイアサンと一緒に？」

「きゅいー？」

ちらりとリヴァイアサンの方を見れば、向こうも一緒に首を傾げている。なんでさ？

「ああ、実は――」

上杉さんは私と別れた後のことを説明してくれた。

私と別れた後、上杉さんはリヴァイアサン相手に奮闘していたのだが、途中からどうにも相手の様子がおかしいことに気付いたらしい。

というのも、リヴァイアサンからまったく敵意を感じなかったのだ。

一体どういうことかと思っていれば、私と同じように例のアナウンスが頭の中に流れてきたらしい。

「最初は私を油断させるつもりの罠《わな》かとも思ったのだが、コイツはあろうことか仰向《あおむ》けになって、私に腹を見せてきたんだ。それで思ったんだ。もしかしたら、この化け物は私と戦っているのではなく、単に遊んでいるつもりだったのではないかと」

「あ、遊んでるって……」

とてもじゃないが信じられなかった。

ちらりと、リヴァイアサンの方を見れば、こくこく頷きながら、きゅいきゅいと鳴いている。……どうやら本当らしい。

というか、もしかしなくてもこのリヴァイアサン、私たちの言葉を理解してるの？

『ふむ、このリヴァイアサンはまだ幼体だからな。警戒心も薄く、他の生物に興味を持ってもおかしくはなかろう』

「え、こ、子供なんですか？　この大きさで？」

『ああ。成体ならばこの十倍はある。間違いなく子供だろう』

じゅ、十倍って……。それってあのベヒモスよりも何倍も大きいじゃん。リヴァイアサン、凄い……。

「あ、もしかして力を貸してくださいって頼んだ時に、ボルさんたちの反応がいまいち悪かったのって、リヴァイアサンが幼体だってことに気付いてたからですか？」

『ああ、成体ならまだしも、この程度の幼体ならば人間を襲うこともまずないからな』

そうだったんだ。後から駆けつけたボルさんたちの方が、正確に状況を把握してたようだ。

「きゅいー♪」

リヴァイアサンが再びこちらを見つめてくる。同時に、脳内にまたあのアナウンスが流れた。

《リヴァイアサンが仲間になりたそうにアナタを見ています。仲間にしますか？》

『良かったではないか、あやめよ。幼体とは言え、このリヴァイアサンは相当な力を持っている。いい戦力になること間違いなしだ』

「いやいや無理ですよ、こんな大きな体じゃ。嫌でも目立ちますし、碌に町中を歩けなくなるじゃないですかっ」

「きゅいー？」

私たちの目的はあくまで東京へ向かい、家族と再会することだ。

確かにこのリヴァイアサンが仲間になれば、戦力しては凄く心強いけど、代わりに町の中で動きづらくなる。それは避けたい。

とはいえ、私たちがずっと町の中を探索してる間、海岸とかに置いていくわけにもいかないし、このサイズじゃシェルハウスにも入れることができない。

「……きゅー？」

リヴァイアサンがウルウルした目でこちらを見つめてくる。だめなの？　仲間にしてくれないの？　って感じの視線だ。あうぅ、心が痛い。しかも子供だって分かると余計に……。

「いや、まあ、その……メアさんみたいに変身できるなら話は別ですけど、リヴァイアサンって変身できるんですかね？」

『……そんな話は聞いたことがないな』

「みゃぁ」

駄目だった。じゃあ、やっぱり無理――、
するとそれまで大人しくしていたハルさんがぴょんっと前に飛び出してきた。

「みゃぅ、みゃぁー。みゃー」

「きゅぃ……？」

「みゃー。みゃみゃーん」

「！　きゅいー！」

ハルさんとリヴァイアサンが何やら会話してる。……え、会話できるの？

リヴァイアサンはこくりと頷くと、その体が光り輝いた。

「きゅぃー!」

するとリヴァイアサンの体がどんどん小さくなってゆく。

光が収まるとそこには三十センチくらいまで縮んだリヴァイアサンの姿があった。

「ち、小さくなった……」

『ほう、どうやら体のサイズを自由に変えることができるようだな』

「そんなスキルがあるんですか?」

『何を言っている。ベヒモスも自身の肉体を巨大化させるスキルを持っていただろう。逆に体を小さくするスキルがあったとしてもなんら不思議は無かろう?』

「た、確かに……」

《……》

ん? なにやら検索さんの不機嫌な気配を感じた気がする。

もしかしてボルさんに解説役を取られてむくれてる? はは、流石にそれは無いか。

《気のせいです》

良かった気のせいだった。……そう思うことにします。ごめんなさい。

今度からちゃんと検索さんに確認しますから、怒らないでください。

「きゅぃー♪」

小さくなったリヴァイアサンは私の体を器用によじ登って、肩の上に乗っかった。

冷たくて蛇みたいだ。いや、蛇飼ったことないけど、多分こんな感じなのかな?

『ともあれ、良かったではないか。このサイズなら服の中に隠れることもできよう。町の中で行動するにもなんら支障はないだろう』

「あ……確かに」

ボルさんの言う通り、このサイズなら町中でも自由に動き回れるだろう。

それにメアさんも仲間にいるし、別にもう一体モンスターが仲間になったところで今更である。

「えーっと、ちょっと待ってください。先輩や栞さんの意見も確認しないと――」

「え？　別に問題ないよ？」

「ええ、私も構わないです」

「うひゃぅ!?」

び、びっくりしたぁ。振り向けば、後ろに先輩と栞さんが立っていた。

「せ、先輩、それに栞さんも。いつからそこにいたんですかっ」

「ついさっきかな。シェルハウスから出てきたのに、あやめちゃんったら、話に夢中で全然気付いてないんだもん。いつ気付くのかなーって、後ろでずっとそわそわしてたんだよっ」

「そ、それはすいませんでした……」

ん？　いや、謝る必要あったのかな……？

「ともかく、話は聞いてたから問題ないよ。ハルちゃんや、メアさんが仲間にいるんだもん。リヴァイアサンくらい、全然オッケー…………だよ、うん……」

「先輩、最後の方、声が震えてるじゃないですか」

「きゅー？」

「というか、ベレさんとボルさんがいることの方が驚いたよ。なんでこっちに？　確か福岡《ふくおか》の方に向かったって言ってなかったっけ？」

先輩は驚いた様子で、琹さんは興味深そうにボルさんたちを見つめる。

『ふふ、その辺は後で話そう。まずはこの子の方から片付けるべきだ』

「そうですね」

まあ、二人の同意も得られたし、問題ないか。なんかどんどん感覚が麻痺してるような気がするなぁ。ともかく、私は頭の中でイエスを選択する。

《リヴァイアサンが仲間になりました》

《一定条件を満たしました》

《職業『魔物使い』が獲得可能になりました》

あれ？　なんか新しい職業が取得可能になった。後で検索さんに調べてもらおう。

さっそくパーティーメンバーの項目を確認すると、「リヴァイアサン　ＬＶ15」と表示された。

「君、結構レベル高いんだね。えーっと、リヴァイアサン――って呼ぶのもあれだし、何か名前つけようか？」

「きゅいー♪」

「リヴァイ……リヴァ……リバ？　リバちゃんでどうかな？」

「！　きゅいきゅいー♪」

どうやらオッケーらしい。

リヴァイアサン改め、リバちゃんは凄く嬉しそうに体をくねらせた。

『無事に仲間になったようだな。よし、ではあやめよ。そろそろこの女性の処遇について考えた方が良いのではないか？』

「……そうですね」

気を失って地面に寝かされている彼女に私は眼を向ける。

どうしよう……どうすればいいだろう？

警察も司法もまともに機能していないこんな世界では、彼女を裁《さば》くことはできない。罪を償わせようにも、彼女が反省するとはとても思えない。ならどうすれば――？

「きゅいー？」

小さくなったリバちゃんが「どうしたのー？」と私の顔を眺めてくる。元のサイズだったら物凄く怖かったのに、こんなに小っちゃくなると、どことなく愛着を感じてしまうから不思議だ。

「――……ん？」

そんなリバちゃんを見ていると、ふと私の頭にある考えが浮かんだ。

「どうしたの、あやめちゃん？」

「いえ、その……なんでもありません」

誤魔化すように私は先輩から顔を逸《そ》らす。

……本当にそんなことができるのだろうか？　頭の中に浮かんだ突拍子もないアイディア。でももしこれが可能なら、彼女がこれ以上人を殺すことはなくなるし、自分を見つめ直してくれるチャンスになるかもしれない。

でも問題は可能かどうか、だ。検索さん、これって――

《可能です》

検索さんから、即返事が来た。やっぱりさっきのこと気にしてますよね？

いや、そんなことより、だ。検索さんからの返事はイエス。

だとすれば――、

「……みゃう？」

私はハルさんの方を見る。……またハルさんの力を借りる時が来たようだ。

「皆さん、一つ提案があるのですが――」

私は皆に彼女の処遇について話した。

●

それから数分後、四季嚙妃は目を覚ました。

「――ん、ここは……？」

周囲を見回すが、人の気配はない。徐々に直前の記憶が蘇《よみがえ》ってくる。

「……そうだ。私は確か、喋《しゃべ》る骸骨のモンスターと出会って……」

その後、どうなったのかが思い出せなかった。

だがこうして生きている以上、どうやら自分は助かったらしい。自分よりもより強いモンスターに殺されるという願いは叶《かな》わなかったが、それならばそれで構わない。もし死ぬのならばそうありたいと願っただけで、彼女は別に死にたがりというわけではないのだ。ほっと胸をなでおろすと、彼女は立ち上がる。

「それにしてもここはどこなのでしょうか……？」

周囲には巨大な岩が転がり、見上げるほどの巨大な植物がそこかしこに生えている。

もしや気を失っている間に、また世界が変わったのだろうか？

すると、ガサリと近くの茂みから何かが現れる。

「なっ――なんですか、この巨大な蟻は……!?」

そこにいたのは、ライオンほどの大きさの巨大な蟻がいた。

彼女はすぐに鑑定を使う。モンスターであれば、鑑定を使えば何かしらの情報を得られる。これまでもそうして有利に立ち回ってきた。しかし――、

「は……？　ただの蟻……？　そんな馬鹿《ばか》なっ！」

鑑定で表示されたのは『ただの蟻』だった。モンスターでもなんでもない、普通の虫。その結果に彼女は驚愕する。

更に上空に気配を感じ、見上げれば、そこには飛行機ほどの大きさの鳥が飛んでいた。

「か、鑑定……」

空を飛ぶ鳥に鑑定を使うと、表示された結果は『カラス』。どこにでもいるただの鳥だ。

「な……なんで……？　はっ……!?」

動揺する彼女が振り向けば、先ほどの黒蟻がじっと自分を見ていた。ガチガチと口を鳴らし、こちらへ近づいて来ようとして――、

「ッ……！　と、ともかく今は逃げましょう！」

彼女は即座に逃走した。

広大な茂みを抜けると、そこに広がっていたのは更に広大な砂漠地帯。だがその更に奥に見えるある物を見て、彼女はようやく自分がどこにいるかを理解した。

「……いや、違う。これは砂漠じゃない……砂場？　あのはるか後方に見える巨大な建物は――ジャングルジム？　じゃあ、まさかここは公園なのですか……？」

ここは未知の世界ではなく、ただの公園だったのだ。この町で生まれ、子供のころからよく利用していた公園だったからこそ、彼女はそれに気付けた。

「ど、どうして……？　これではまるで私の体が小さくなったとでも言うのですか……？」

すると彼女の脳内にアナウンスが流れた。

《――メールを受信しました。》

「……メール？」

そのアナウンスに彼女は首を傾げる。

《一定条件を満たしました》

《スキル『メール』が獲得可能になりました》

《現在の未読のメールは一件です。ステータス画面より確認してください》

何かの罠かとも思ったが、とりあえず彼女は自分のステータス画面を開いてみる。すると確かに『メール』という項目があった。そこに触れ、未読になっているメールを確認する。

『――拝啓、シキガミキサキ様へ』

そんな冒頭で始まるメールだった。名前がカタカナなのは自分の漢字が分からなかったからだろうか？　名前は分かるのに、その漢字表記が分からない理由……。彼女はすぐに思い至った。

「……鑑定。メールの送り主は九条あやめ？　どういうことですか？　いえ、今はそれよりも内容を確認しなければ……」

気になることは多いが、一先《ひとま》ず彼女はメールの内容に目を通す。

『眼を覚まし、このメールを見ているということは、自分の現状に気付いていると思います。ですが改めてご説明します。今、アナタの体は縮んでいます。アリと同じくらいおおよそ四百分の一程度まで。私の仲間のスキルを使ってアナタのスキル『大虐殺』を『縮小呪《しゅくしょうじゅ》』というスキルに変換させてもらいました』

「なっ――⁉　スキルを変換した？」

彼女はその文章に絶句する。すぐにステータス画面を開き確認すると、確かに『大虐殺』が消え、代わりに『縮小呪』という謎《なぞ》のスキルが表示されていた。

『スキル『縮小呪』は体が小さくなるスキルです。ですが、このスキルは他のスキルと違い

自分の意思で発動するのではなく、常に強制発動する呪いのスキルです。解除はできません

アナタの言う通り、私たちにはアナタを殺すことはできなかった。捕まえて拘束することも難しい。

だからこそ、アナタを小さくして、無力化するという手段を取らせてもらいました。

その大きさでは人を殺すことも、害をなすことも難しいでしょう。……生きていくことすらも

どうかアナタがこれまでの行いを反省し、罪を償ってくれることを祈っています』

メールの内容は以上だった。

「ふっ――ふざけるな！　ふざけないでください！　なんですか、それは！　勝手に人のスキルを変換して、あまつさえ小さくして、私を裁くと？　神にでもなったつもりですか⁉」

声を荒らげ、思い付く限りの罵倒の言葉を口にする。だが、だんだんと自分が置かれている現状を理解し、ガタガタと震えだした。

「ほ、本当に？　本当に私はずっとこのままなのですか……？　永遠に？　死ぬまで？」

嘘だ、嘘だ、嘘だ、と彼女はうわごとのように呟く。

すると、再び後ろから気配を感じた。蟻の真っ黒な瞳《ひとみ》がじっと自分を見ていた。

『――子供の頃、気ままにバッタやトンボを捕まえたり、殺したりしたのと同じです。圧倒的強者の立場から弱者を蹂躙するって凄く気持ちいいんですよ。ほら、こんな風に』

そう言って、蟻を踏みつぶしていた自分の姿を思い出す。今、その立場は――、

「ち、違う……。私は……私はこんな世界、望んでいないっ！　こんな、こんな虫けらのような世

界なんて……いや……いやあああああああああああああああああああああああああっ！」

一目散に彼女は駆けだした。逃げて、逃げて、どこまでも逃げ続けた。

虫けらのように思っていた世界に落とされ、踏みつぶしてきた者たちに追われる世界。

誰も彼女を助けてくれない。誰も彼女を見てくれない。誰も彼女に気付いてくれない。

これから彼女はずっと逃げ続け、怯《おび》え続けなければならないのだ。

強者ではなく、理不尽に奪われる弱者として。

それは彼女にとって最悪の世界であり、文字通りの地獄だった。

第四章　最悪のモンスター

「……本当にこれで良かったんでしょうか……？」

『何がだ？』

「四季《シキ》嚙《ガミ》さんのことに決まってるじゃないですか。あの時は、ああするしかないって思ってましたけど、冷静に考えれば私はとてつもなく悍《おぞ》ましいことをしたんです。人間を小さくして、野に放つなんて……。ハルさんにもその片棒を……」

「みゃぁ？」

ガタガタと震える私を、ハルさんは首を傾《かし》げて見つめてくる。

「だが、彼女が本気で改心すれば、『縮小呪《しゆくしようじゆ》』は解けるのだろう？　私からしてみれば、むしろ甘すぎる処遇だと思うが？」

「自分も上杉《ウエスギ》さんと同意見です。仮に彼女が改心しても、また人を殺さない保証はどこにもありません。むしろ、元に戻ったことを喜び、また凶行に及ぶやもしれませんよ？」

上杉さんと栞《シオリ》さんは、もっと厳しくても良かったのではないかと主張する。

『縮小呪』のスキルが、四季嚙さんの改心に応じて解けるように設定してもらった。彼女が本気で改心し、その力を今度は人々を守るために使ってくれることを願って。

するとボルさんがフォローするように念話が届く。

『まあ、今のところは問題なかろう。念のため、彼女の影の中には監視役のスケルトンを忍ばせておいた。もし何かあれば、そのスケルトンを通じて私に伝わる。もし彼女が改心して呪《のろ》いが解け、その時にまだ彼女が凶行に及ぶようであれば、またその時に考えればよい。それとも虫かごにでも入れて、ずっと一緒に連れて歩く方が良かったのか？』

「それは……」

『あの状態の彼女を連れて行っても足枷《あしかせ》にしかならん。いや、明確に邪魔になるだろう。君には君の目的がある。線引きは必要だ。どこかで一線を引かなければ、ずるずると目的から遠ざかってしまう。それは君の望むところではないだろう？』

「はい、その通りです」

ボルさんの言う通りだ。私には東京《とうきょう》へ行き、家族と再会するという目的がある。彼女一人を監視するために、ずっと一緒にいるわけにはいかない。

「あ、ところでどうしてボルさんたちがここにいるんですか？　例の墳墓とやらは見つかったんですか？」

『ああ、それを求めて我らは福岡《ふくおか》に向かったが、どうやら外れだったらしい』

ボルさんは福岡であったことを話してくれた。ギガントとの戦いや、墳墓の柱のこと。

ギガントって、検索さんが危険だって言ってたモンスターだよね？　それを難なく倒すってやっぱりボルさんたちは凄《すご》い。

「なるほど、それで四国《こっち》に……あれ？　でもそれならどうしてわざわざ大分《おおいた》を経由して来たんですか？　福岡からなら、本州を経由してきた方がずっと近いんじゃ？」

ナイトメアさんがいれば、荒れた海だって普通に渡れる。

『まあ、言いたいことは分かる。だが少々厄介《やっかい》なモンスターの気配を感じてな。それで一度大分に戻ってから四国《しこく》に来た』

「厄介なモンスター……？」

それってリバちゃんのことだろうか？　いや、確か検索さんはギガントの他《ほか》にもう一体、なんか危険なモンスターを上げてた気がする。ソレのことだろうか？

『ああ、絶対に会いたくないモンスターだ。そして四国《こっち》に来てからは、更にもう一体、別の厄介なモンスターの気配も感じた。おそらく君たちの手にも余るほどだ』

「別のモンスター……？」

すると槍《やり》を持った骸骨《がいこつ》騎士――ベレさんが前に出る。

『おい、あやめよ、言っておくが勘違いすんじゃねぇぞ。別にテメェらが心配で駆けつけたわけじゃねぇ。テメェらがあのモンスターにやられれば、テメェらに預けてるメアも危険にさらされるし、テメェの持ってるソウルイーターも行方《ゆくえ》知れずになっちまう。それはアガの忘れ形見なんだからなぁ！』

「あ、はい。その……ありがとうございます」

ツンデレだ。そういうのに疎《うと》い私でも分かるくらいのツンデレっぷりである。

「……やっぱり、ベレさんっていい人ですね」

私が思わず笑みを浮かべてしまうと、ベレさんの眼窩《がんか》の炎がカッと燃え上がった。

『だから！　テメェらのためじゃねぇって言ってんだろう――ガハッ⁉』

『ベレ、少し黙れ』

ボルさんがベレさんを叩《たた》いて黙らせる。

ベレさんが地面にめり込んだ。あ、最初に会った時もこんなやり取りを見た気がする。

『――それでだ。そのモンスターの情報を集めているうちに、君たちがこの女性を追っているのを見つけたわけだ。おおよその事情は、君たちのやり取りを見て把握した』

「え、見てたんですか？」

『ああ、途中からな。だが君たちには君たちなりの事情があると思い、ギリギリまで加勢は控えさせてもらった。そもそもモンスターならまだしも、人間同士の争いならば、我々は極力手を出すべきではないだろうからな』

「……それは、そうかもしれませんが……」

確かにボルさんたちはモンスターだ。共通の敵でもない限りは、あまり馴《な》れ合うのはよくないと言うのも分かる。でも、もしボルさんたちが最初から加勢してくれれば――、

『あやめよ。悪いが我々がここへ来たのは数時間前のことだ』

「あ……」

表情に出てしまっていたのだろう。

ボルさんの言葉を聞いて、私はすごく申し訳ない気持ちになった。

自分の力のなさを棚に上げて、なんてあさましいことを考えていたのだろう。

ボルさんたちがいればもっと犠牲者を減らせてたかもしれないなんて。

「す、すいませんっ……」

『謝る必要はない。君たちは、自分たちにできることを最大限やったのだろう？　それでも足りないと思うのならば、それは次に活かすしかない。失った命は戻らないのだから、せめて次はとりこぼさないよう努めるしかないのだ』

「……そう、ですね」

それはきっと、ボルさんたちもそうだったからだろう。

アガさんやリィンさんを失い、それでも使命を全うしようと前に進む。

重く、実感のこもった台詞《せりふ》だった。

「ところで、四国にもいる厄介なモンスターって何ですか？　リバちゃんのことじゃ、ないですよね……？」

「きゅいー？」

ちらりと視線を向けると、リバちゃんは首を傾げてコッチを見る。可愛《かわい》い。

「ああ、違う。我々が感じた気配はリヴァイアサンのモノではない。別のモンスターだ」

つまりベヒモスやリヴァイアサンクラスのモンスターが他にもいるってことだよね。

でもおかしいな？　ここは検索さんが導き出した一番安全なルートのはずだ。……比較的って枕詞《まくらことば》が付くけど。
それにリヴァイアサンの存在を知った後、私は改めて検索さんに周辺に危険なモンスターがいないかどうか確認してもらった。その結果、リヴァイアサン以外に危険なモンスターはいなかったはずだ。
そうですよね、検索さん？
《…………》
あれ？　検索さんからの返事がない。
検索さーん、どうしたんですかー？
《現在、進行ルート上に一体、厄介なモンスターが出現しています》
ちょ、ま……えぇー？　なにそれ。どういうことですか？
《カオス・フロンティア中央サーバーにアクセスし原因を特定します》
《接続《アクセス》――接続《アクセス》――成功》
《どうやら昨日、中部地方に現れたブルードラゴンが関係しているようです》
ドラゴン……？　それってファンタジー映画とか漫画とかに登場するあのドラゴンですよね？
空を飛んだり、口から火を噴いたりする滅茶苦茶強いモンスターの代表格。
《肯定。その認識で合っています》
《そのドラゴンは最初中国地方に出現しましたが、出現直後に移動を開始。東北地方へ向かう途中で近畿《きんき》、中部地方を通過した際に大暴れをし、その影響で各地のモンスターが一斉に移動を開始し

たようです》

「えぇー、なにそれ。なんてはた迷惑なドラゴンなのだろう。ていうか、東北地方ってカズト君のいる方向じゃないか。

……カズト君、大丈夫かなぁ。お願いだから無事でいてほしい。

じゃあ、そのモンスターの大移動で流れてきたモンスターの一体が四国にやって来たってことか。

「そのモンスターってどんなやつなんですか？」

《それは――》

『――クラーケンだ』

検索さんが答えるよりも先にボルさんが答えた。

『海に住む巨大なイカのような姿をしたモンスターだ。水中ではリヴァイアサンに匹敵《ひってき》する海の怪物と言われている。触手による強力な物理攻撃に加えて、体が柔らかく矢や斬撃が通りにくい上、魔法の耐性も高い』

《………………》

あ、ボルさんに全部説明されて、検索さんの不機嫌な気配が伝わってくる。

『四国《ここ》では、どのルートを通っても必ず海上を通過する。クラーケンはベヒモス同様、獰猛《どうもう》かつ食欲旺盛なモンスターだ。君たちが本州へ渡るために海を通過すれば、クラーケンはその気配を察知し、確実に襲ってくるだろう』

「でも別に無理に戦う必要はないんじゃないですか？　クラーケンの位置が分かってるなら、そこから離れた位置を通って海を渡ればいいんじゃないですか……？」

私の疑問に、ボルさんの眼窩の炎が僅《わず》かに揺れた。まるで動揺するように。

『……その場合は、もっと厄介なモンスターに遭遇する。海を越えた先でな』

「……？」

『クラーケンが追いつけないほどの位置から本州へ渡るとなると中国地方になる。そこには『刃獣《とうじゅう》』と呼ばれる最悪のモンスターがいる。クラーケンとの戦闘を避けて本州に向かっても、コイツに遭遇すれば間違いなく命はない』

刃獣――そうだ。思い出した。確か検索さんが言ってた滅茶苦茶危険なルートにいるっていうモンスターだ。

検索さん、『刃獣』ってそんなにヤバいモンスターなんですか？

《肯定》

《モンスターの最上位は六王と呼ばれる六体のモンスターですが、『刃獣』はそれに匹敵する最上級モンスターです。斬ることに特化したモンスターで、物質、エネルギー、レベル差を問わず『刃獣』に斬れないものは存在しません》

おおぅ……なんかすっごくヤバそうなモンスターだった。

ていうか、九州《きゆうしゆう》にはベヒモスがいて、四国にはリヴァイアサンとクラーケンがいて、中国地方には刃獣とかいうとんでもないモンスターがいるって、パワーバランスおかしくない？

それとも東京とか東北の方にはもっとヤバいモンスターがいっぱいいるとか？ ……はは、考えたくない。

『我々が福岡から遠回りで四国《こちら》へ渡ったのも、刃獣との戦闘を避けるためだ。奴《やつ》は縄張りに入って来なければ襲ってこないからな。だがその範囲が恐ろしく広い。おそらく中国地方全域はヤツの縄張りになっているだろう』

「な、なるほど……」

てことは中国地方の人たちは大丈夫なんだろうか……？

「えーっと、つまり私たちが四国を抜けて東京へ向かうには、クラーケンを倒すしかないってことですね」

『ああ、そうなるな』

なにがなんでも私たちはクラーケンを倒さないと先に進めないらしい。

うぅ……でもこうなったらやるしかない。絶対に家族やカズト君に会うんだ。こんなところで躓《つまず》いてたまるものか。

「それでボルさん、クラーケンは今どこに？」

『ここから海沿いに東へおよそ二百キロほど行ったところだな』

私は栞さんに地図を出してもらい位置を確認する。

二百キロだと、だいたい淡路島《あわじ》の辺りか。確かにここ以外で本州に渡ろうとすれば、中国地方――刃獣の縄張りに入ってしまう。逆に遠回りして徳島《とくしま》から和歌山《わかやま》に向かうルートでは、クラーケンに追いつかれてしまう。となれば私たちが戦いやすい場所は限られてくる。

「となれば、やっぱりここですかね」

『ああ、そこが一番戦いやすいだろう』

ボルさんと私の指が地図の一箇所を指す。

「――大鳴門橋《おおなるときょう》」

●

クラーケンとの決戦の舞台は大鳴門橋に決まった。

私たちが今いるのは愛媛《えひめ》県の西条《さいじょう》市だから目的地までは結構な距離がある。

「海沿いに進めば百五十キロくらいか……。うむ、走れば二時間かからないな」

「いや、無茶言わないでくださいよ……」

そんなのできるのは、規格外のステータスを誇る上杉さんだけだ。

ほら、ボルさんたちですら呆《あき》れてるじゃないですか。

「ミ、ミャウー！　ミャァー！」「ミャァアアアー！」「ミャウー！」

一方で、何故《なぜ》かメアさんはふんすとやる気を出している。

ぺしぺしと私の足を叩きながら、自分だってできるもんと猛アピールだ。

なんで張り合おうとしてるのさ？　しかも分裂した状態でぺしぺししてくるなんて可愛いが過ぎるよ？

「よしよし、良い子だねー」

「「フミャ……？　ミャゥ～♪」」

お腹《なか》を撫《な》でてあげたら大人しくなった。かわゆい、かわゆい。

「みゃぁ」

「はいはい、ハルさんも可愛いねー」

「みゃぅ～♪」

ハルさんも撫でてアピールして来たので、勿論《もちろん》撫でてあげますとも。らぶりー。癒《い》やされるよー。

『ふむ、良い関係を築けているな。安心したぞ』

「はい。メアさんにはいつも助けられてます」

「ミャァ～」

「みゃぅー」

感謝の気持ちも込めて、私はいっぱいハルさんとメアさんをモフモフするのだった。

モフモフを堪能《たんのう》してリラックスしたので、早速移動を開始する。

私はメアさんに、ボルさんとベレさんはそれぞれのナイトメアに乗り、先輩と栞さんはシェルハウスの中に、そして上杉さんは普通に走っている。息も乱れておらず、本人にとっては軽いジョギング程度らしい。控えめに言って凄い。

「ところで凄く今更ですけど、上杉さんも一緒に来てくれるんですか？」

「……本当に今更だな。乗りかかった船だろう？　それに君たちは彼女を止めるために手伝ってくれたじゃないか。今度は私が、君たちに力を貸す番だ。私で良ければ喜んで力を貸すよ」

「きゅいー♪」

上杉さんの言葉にリバちゃんも同調するように鳴く。

「ありがとうございます。頼りにさせてもらいますね」

「はは、任せろ」

「きゅー♪」

というか、実際上杉さんとリバちゃんの方が私たちよりずっと強いと思う。心強い仲間と共に、私たちは四国最後の関門――大鳴門橋を目指すのだった。

『――そういえばあやめよ。ソウルイーターの修業は順調か?』

「え?」

『ぬ?』

突然の質問に思わず私は素で反応してしまう。するとボルさんから不穏なオーラが漂ってきた。

『……あやめよ、まさかとは思うがあれから何の進捗《しんちょく》も無いのか?』

「え、いや……だってあれからってまだ三日しか経《た》ってないですよ? そんなすぐに変わることなんて――」

『この大馬鹿者《ばか》!』

「ひっ」

『まだ三日だと? 三日〝も〟時間があっただろうが! いくら他のことに気を取られていたとは

いえ、ソウルイーターの修業は君の生存に直結する一番大事な事柄だろう！　それを怠るとは何事だ！』

「す、すいません……」

　怒られた。すっごい怒られた。ぐすん……。

『この世界には男子、三日会わざれば刮目《かつもく》して見よという諺《ことわざ》があるのだろう？　たった三日、されど三日だ。伸び代の少ない我々と違い、君たちはまだまだ可能性に満ちているのだ。それを怠るなどとんでもない』

「はい……」

　ていうか、ボルさんそんな諺どこで覚えたんですか？　もしかして三日の間に、ボルさんたちも他の人たちと交流していたのだろうか？

『まあよい。クラーケンとの戦いの前にもう一度訓練を付けてやる。嫌とは言わせんぞ？』

「はい、こちらこそよろしくお願いします」

　クラーケンと戦う前に、レベルアップとボルさんとの訓練となった。

　よし、頑張るぞ。

●

　ボルさんたちと一緒にレベル上げ兼ソウルイーターの修業だ。

その前にステータスを確認する。

現在の私のLVは23。上杉さんと出会った後は、ほぼ犯人捜しに尽力していたので、レベルは同じままだ。手に入ったポイントは既存分と合わせてSP《スキルポイント》が11ポイント、JP《ジョブポイント》が8ポイント。これを検索さんのお薦めで振り分けている。

職業の方は聖騎士と魔剣使いがあるが、検索さんは聖騎士の方をおすすめしてくれた。

《魔剣使いの付随スキル『魔剣能力拡張』及び『吸魂』は特定の条件を満たすことによってしかLVが上がりません。ソウルイーターとの同調を高めてからの方が効率的です》

とのことだ。なので、聖騎士の方をLV5まで上げ、スキルの方は『斬撃強化』をLV3に、『肉体強化』、『魔物殺し』をLV4に上げておいた。

現在のステータスはこんな感じだ。

クジョウアヤメ
LV23
HP：293／293　MP：179／179
力：279　耐久：262　敏捷：174　器用：165　魔力：88　対魔力：88
SP：0
JP：3
職業　聖騎士LV

魔剣使いＬＶ３
固有スキル　検索
スキル　剣術ＬＶ４、纏光ＬＶ２、聖属性付与ＬＶ２、浄化ＬＶ２、魔剣能力拡張ＬＶ２、斬撃強化ＬＶ３、吸魂ＬＶ１、受け流しＬＶ６、肉体強化ＬＶ４、刺突ＬＶ１、ストレス耐性ＬＶ２、恐怖耐性ＬＶ２、毒耐性ＬＶ１、麻痺耐性ＬＶ１、ウイルス耐性ＬＶ１、毒薬生成ＬＶ１、応急処置ＬＶ２、番狂わせＬＶ１、逃走ＬＶ２、鑑定ＬＶ３、メールＬＶ１、魔物殺しＬＶ４

パーティーメンバー
ハル　猫又　ＬＶ10
ヤシマシチミ　ＬＶ18
ナイトメア　ＬＶ10
ミキシオリ　ＬＶ10
リヴァイアサン　ＬＶ15

次に検索さんに魔剣ソウルイーターを強くする方法を調べてもらう。
《魔剣ソウルイーター　第二解放　条件》
《魔剣ソウルイーターとの対話を行う　達成率10％》
《魔剣ソウルイーターへの魂の捕食　達成率15％》

《魔剣ソウルイーターを使った戦闘を１００回行う　達成率36％》

魔剣の強化方法は全部で四つ。最初の時に比べて『対話』って項目が増えてるね。

それを伝えると、ボルさんは嘆息《たんそく》したような気配を放つ。

『こんなにあっさり分かるとは……。やはりあやめのスキルは規格外だな……』

「ありがとうございます」

検索さん、褒《ほ》められてるよ。やったね。

《……》

何となく検索さんからもまんざらではない感じが伝わってくる。

『……むしろこれだけ素晴らしいスキルを持っていながら、何故こうも持て余しているのだ？　いくらでも使い道はあるだろう？』

《同意》

《私のマスターはもっと私の有意義な使い方をするべきです》

おっと、なんだか急に風当たりが強くなったぞ。

でも、確かにこんな凄いスキル持ってるのに、全然使いこなせてない私が悪いです。

「あはは、そ、それよりなんか新しい条件が出ましたね？　下二つの条件は分かりますけど、ソウルイーターとの対話ってのはなんですかね？」

誤魔化《ごまか》すように私は話題を変える。

ソウルイーターの強化条件の一つ『魔剣との対話』ってどうすればいいのか？

しかもどうして達成率が10％になってるのか？　正直、全然身に覚えがない。

『対話か……。恐らくはソウルイーターに内蔵されている魂と対話することだと思うが、調べてみればいい』

「はい」

というわけで検索さん、教えてください。

《魔剣ソウルイーターとの対話の方法》

《魔剣の所有者はソウルイーターに内蔵されている魂と対話をすることが可能です》

《対話する方法はソウルイーターに意識を集中させることで行えます》

なるほど、検索さんに言われ、私はソウルイーターを顕現《けんげん》させて、剣に意識を集中してみる。

意識を集中、集中……こんな感じだろうか？　んん……なんだろう……何かが流れ込んでくる感じがする。

そう思った次の瞬間だった。

『ガルォォォオオオオオオオオオオオオオオオオオオオンッ！』

「なっ――――!?」

突然、目の前にベヒモスが現れた。

突然の出来事に私は激しく動揺する。

「な、なんで？　どうしてベヒモスがここに？　どこから現れたの？」

『ガルゥゥ……』

ベヒモスはその圧倒的な巨体と威圧感で、私を見下ろしてくる。わけの分からない状況だが、今はこの化け物を何とかしないと。

「ッ……！　皆さん、気を付けてください。すぐに戦闘態勢に――って、あれ？」

そこで私はようやく気づいた。

ボルさんや上杉さんの姿が無い。それどころか、周囲には何もなく、ただ真っ黒な空間だけが広がっていた。

「こ、ここは……？」

ベヒモスの仕業だろうか？　いや、ベヒモスにはこんなスキルは無かったはず。

『ガルル……』

「……襲ってこない？」

何故か分からないが、ベヒモスは私のことをただじっと見つめている。不思議に思っていると、更に気配が増えてゆく。

『キュー、キュー！』

『キシッ、キシシシシ』

『ガルル……』

暗闇《くらやみ》からゴブリンが、レッサー・ワームが、マイコニドが、スライムが、様々なモンスターが次々に現れるではないか。更にそのモンスターの大軍の中にはリヴァイアサンの姿もあった。それだけでなく巨大な黒い鳥や、九州の学校で倒した蛇を何倍も大きくしたようなモンスター、水と氷の塊《かたまり》のようなモンスター、小さな妖精《ようせい》のようなモンスターと、私が見たことが無いようなモンスターまでいる。

「どういうこと……?」

私はあっという間に大量のモンスターに囲まれてしまった。

だが現れたモンスターたちは、ベヒモス同様、私に襲い掛かっては来ず、ただじっと私を見つめている。

そこで私はようやくモンスターたちの姿が半透明になっていることに気付いた。

「……もしかしてこのモンスターたちって、私が今まで倒してきたモンスターたちなの?」

ソウルイーターには今まで倒してきたモンスターの魂が内蔵されている。その魂たちが私の前に現れた? あれ? でもリヴァイアサンや見たことないモンスターはどういうこと?

「……あ、もしかして私が所有者になる前――別の所有者が倒したモンスターの魂とかも保管されてるとか……?」

考えてみれば、当然だ。私の前にもボルさんたちの仲間の骸骨騎士アガさんや、もしかしたらその前にも所有者はいただろうし、彼らが倒して蓄積してきた大量のモンスターの魂が保管されていてもおかしくない。

「リヴァイアサン……」

もしかしてリバちゃんが最初に出会った時、しつこく私を追いまわしてきたのも、ソウルイーターの中に眠る同族の魂の気配を何となく感じ取っていたからなのだろうか？

……いや、でもちょっと待てよ？　でも私が盾《たて》を使えるようになった時にストックされた魂はリセットされてたよね……？　あれはあくまで私が倒した数ってことな？　でも私が所有者になった時に、検索さんが魂のストックがあるって言ってたし――うぅん？　どういうことだろう？

「……もしかして私や検索さんが知らないだけで、魔剣ソウルイーターにはまだまだ隠れた機能がいっぱいあるってことなのかな？」


『その通りだ』


「え？」

独り言に返答があった。

振り向いた先には、一体の骸骨騎士がいた。

『よう、久しぶりだな』

骸骨騎士は私に向けて気安く手を振ってくる。

ボルさんじゃない。ベレさんとも違う。でも……私はこの骸骨騎士を知っている。

何故なら世界がこうなってから、私が一番最初に出会ったモンスターなのだから。

ボルさんたちの仲間であり、彼らのリーダーであった最強の骸骨騎士。

たった一体でベヒモスを倒した規格外の存在。

その名は――、

「……アガさん」

『正解だ。ようやくこっち側に来たか、新しい所有者さん』

骸骨騎士改め、アガさんは楽しそうに骨を鳴らす。

『ずいぶん遅かったな。ソウルイーターを強くするためには剣との対話が不可欠なのに、何をそんなにのんびりとしていたんだ？』

「あ、いや、それはその――……」

まさか忘れてました、なんて言えるわけもない。

『そうか、忘れてたのか……』

若干《じやつかん》残念そうに、アガさんは肩を落とした。

「え？　あ、あれっ？　私、今声に出してました？」

『ここはソウルイーターの内側、いわば精神の世界だ。声に出さなくても考えは相手に伝わる。しかし、そうか忘れてたのか……』

「す、すいません。本当にすいません。いろいろと立て込んでてつい……。というか、アガさんはどうしてここにいるんですか？　あの時、死んだはずですよね？」

いや、既に死んでいるアンデッドに死んだって言う表現はどうかと思うけど。

『ああ、死んだよ。死んで俺《おれ》の魂はソウルイーターに宿った。次の持ち主が誰なのか興味があったからな』

「そ、そんな理由で……」

なんか変わった人だな、この人。

『カッカッカ、アンデッドに『変わった人』だなんて言う君も相当な変わり者だと思うけどな。何はともあれ、これで対話の条件はクリアだ。達成おめでとう』

「え……？」

達成ってこんな簡単でいいの？

てっきり何かしらあるのかと思ったけど、本当にただ内蔵されている魂と対話をするだけってことなのか……。

『ああ、第二解放の条件はただ内蔵されている魂たちと対話するだけだ。それに本当に大変なのは次からだからな』

「次……？」

ソウルイーターの解放条件ってまだ次があるの？　一体どんな条件なんだろう？

『まあ、それは後で君のスキルを使って調べりゃいいさ。強くなりすぎればアレに眼を付けられるかもしれんが、第二、第三程度なら問題ないだろう。ほら、お前らももう戻れ。会いたがってたんなら、もう十分だろ。散れ散れ』

『ゴゥルルルゥゥ……』

アガさんの声に応じて、ベヒモスや他のモンスターが姿を消してゆく。

……ベヒモスだけは最後まで私の方を見てたけど、やっぱり私のことを恨《うら》んでるよね、きっと。

「あの、なんか今いろいろ気になるセリフが聞こえたんですが。アレ、アレってなんでしょうか？」

『ん？　ああ、なんでもねーよ。アレ、アレは会わねーなら、それに越したことはない。んじゃ、ボルやベレにもよろしく言っておいてくれ』

「いや、よろしくって言われても……。あの、ここってどうやったら出られるんですか？」

『出たいと念じれば、そのうち自然に元の世界に戻れる。カカカッ、んなどうでもいいこと、気にするなんて、君も変わり者だな』

「え、そ、そうですかね……？」

ごくごく普通の疑問だと思うんですが？

すると、すぅーっとアガさんの姿が薄くなってゆく。

「え、いや、ちょっと待ってください。なんかさっき露骨に話を逸《そ》らしましたよね？　そこのところもう少し詳しく——あ、私の体が透けてる⁉」

それだけじゃなく、意識もだんだんと薄れてゆき——

「……」

私の意識は現実に引き戻された。

私は無言でソウルイーターの達成条件を確認する。

《魔剣ソウルイーター　第二解放　条件》

《魔剣ソウルイーターとの対話を行う　達成率100%》
《魔剣ソウルイーターへの魂の捕食　達成率15%》
《魔剣ソウルイーターを使った戦闘を100回行う　達成率36%》
……対話の部分が100%になってた。
なんだかよく分からないうちにソウルイーターとの対話が終わってしまった。

●

私はボルさんたちにソウルイーターの内なる世界で起こった出来事を話した。

『ア、アガがソウルイーターの中にいただと……？』

『嘘《うそ》だろ……？』

案の定、二人ともすごく驚いていた。

「全く予想外だったんですか？」

『当然だ。そもそもソウルイーターの所有者が武器に魂を残すなど聞いたことが無い』

『ソウルイーターの所有者ってのは、いわば収納した魂たちの恨みの象徴だからな。そんなことすりゃ、中の魂たちからどんな目に遭わされるか分かったもんじゃねぇ』

「そうなんですか？　でもアガさんは全然そんな感じじゃなく、むしろフレンドリーな感じに他のモンスターと話してましたけど……」

『……アガは昔からいろいろと変わったところがある奴だったが死んでもそれは変わらんか。まったくらしいといえば、らしいな……』

『だな』

何やら納得した様子の骸骨騎士二人。

『まあ、いろいろと言いたいことはあるがとりあえず対話を終えたのならばそれでよい。それにまだ条件は残っているのだろう？』

「あ、はい」

魔剣ソウルイーターの第二解放の条件はまだ二つ残っている。

戦闘も魂の捕食もレベル上げと並行してできるけど、問題はその量だ。

検索さん、魂の捕食ってあと何体くらいモンスターを倒せばいいんですか？

《残り八百五十体です》

は、八百五十……!?

そういえば、最初の拡張の時に必要な魂も千体だったっけ？

あの時は事前にストックされてた魂が相当あったからあっさり達成できたけど、今回はなかなか時間が掛かりそうだ。

じゃあ検索さん、私や先輩が『魔物殺し』や『不倶戴天《ふぐたいてん》』を取得した時みたいに短時間で大量のモンスターを倒せる場所とかってありませんか？　できればクラーケンとか強いモンスターに襲われない範囲で。

《でしたら、ここから東へ四十キロほど向かった三好《みよし》市周辺の山間部を推奨します。マイコニドなどの菌糸系モンスターやキャタピラーなどの虫系モンスターが多数生息しており、数をこなすには絶好の環境です》

あー、はいはい。またキノコと虫ですか、そうですか。なんか分かってました。

やっぱり数の多いモンスターって限られてくるよね。弱い分、繁殖力でカバーしているのだろう。

まあ、シェルハウスの機能拡張にも魔石は必要だし仕方ない。どうやらまた心を殺す時が来たみたいだ。

というわけで、私たちは三好市へ向かった。

そして次の日――、

「火球《ファイヤーボール》！　火球《ファイヤーボール》！　火球《ファイヤーボール》！　うわぁぁあああああんっ！　あやめちゃん、あやめちゃーん！コレ、無理だよ！　倒しても倒してもキリが無いよー！」

「先輩頑張ってください！　先輩のスキルだけが頼りなんです！」

「そうは言っても――うわぁああああああ！　あの虫、なんか白いドロッとした液吐いたー！」

「先輩気を付けてください！　それ多分、ワイズマンワームの都合よく服だけ溶かす体液です！」

「いやああああああああああああああああああああ！」

とまあ、こんな感じで現場は凄い感じになっていた。

無事に四国中央《しこくちゅうおう》市を抜け、三好市の山間部に入ったのだが、そこで待っていたのは想像以上の虫系モンスターの大軍だった。

道路沿いを歩いてるだけで、レッサー・キャタピラーやワイズマンワーム、他にも大きなハエや、蜘蛛《くも》、蟻《あり》のモンスターなんかも大量に出てきた。

とはいえ、これだけ大量に出て来るのには勿論理由がある。

『ほらー、どんどん出てこいモンスターども――』

ベレさんは槍を振り回しながら奇妙な踊りをする。するとその踊りに釣られるように、次々にモンスターがやって来るのである。

あれはベレさんの持つ『魔物寄せ』というスキルらしい。歌と踊りにモンスターを集める効果があるようだ。

『ほーれ、こいこい、やってこーい。モンスターどもやってこーい。ちょっと寄っては、見てらっしゃい。モンスターどもやってこーい』

「ミヤミヤミヤー♪」

「みゃみゃー」

ついでに踊りが気に入ったのか、その隣でハルさんとメアさんも一緒に踊っている。

ベレさんの踊りは何か怖いけど、ハルさんとメアさんの踊りはとっても可愛いです、最高です。

《経験値を獲得しました》

《経験値を獲得しました》

《経験値を獲得しました》

《経験値が一定に達しました》

《クジョウアヤメのＬＶが23から24に上がりました》

お、どんどん経験値獲得とレベルアップのアナウンスが流れてくる。

「どうやら町中よりも、こうした自然の中の方がモンスターたちの生存競争は活発なようですね。野生動物もレベルを上げてるのか気になるところですが……よいしょっと」

「栞さんは本当に冷静ですね……」

栞さんはいそいそとモンスターの死体――主にワイズマンワームの回収に勤《いそ》しんでいた。……もしかしてアレ、今晩の私たちの夕食に出たりしないよね？

「ハエと、こっちはセミのモンスターですかね。うーん、これはあやめさんたちにはちょっと無理そうですね……。リバちゃん、どうぞ」

「きゅいー、きゅきゅいー♪」

その後ろを付いて回るようにリバちゃんが残った死体をバリバリ食べてゆく。凄い食欲だ。子供だって言ってたし、育ち盛りなのかな？

《リヴァイアサンは『食い溜《だ》め』と呼ばれるスキルを持っています。そのため上限はありますが、他の生物より遥《はる》かに多く食べることが可能です》

あ、検索さんから補足が入る。そういうスキルもあるんだね。

「みゃぁー」

「ん？　何、ハルさ――きゃあああああっ⁉」

振り向くと、ハルさんが大きなハエのモンスターの死骸《しがい》を咥《くわ》えていた。

ぽてっと私の足元にハエの死骸を置くと、凄くキラキラした目で私のことを見てくる。

……うん、褒めて欲しいんだろうけど、正直心臓に悪いのでやめてほしい。

「え、偉いねーハルさん。でも、死骸は持ってこなくても大丈夫かなー」

「みゃっ！」

ハルさんは「分かったー」と返事をすると、モンスターとの戦闘に戻って行った。あれ、多分分かってないな。

「ミャ、ミャー」

「……メアさんも張り合わなくていいよ……」

メアさんもハルさんに対抗してワイズマンワームとか、レッサーキャタピラーの死骸を私に献上してくる。ちょっと控えめな感じに渡してくるのが可愛いけど、別に真似《まね》しなくていいよ。

というか、ここ最近メアさんの猫化が著《いちじる》しい。

『ふーむ、よほど猫の姿が馴染《なじ》んだのだろうな』

「ボルさん、真面目《まじめ》に考察しないでください……」

襲い掛かってくる虫系モンスターを斬り伏せながら私はボルさんと会話をする。戦いながら会話できるって嫌な慣れだなぁ……。

そんなこんなで戦闘をこなしていくと、戦闘回数も魂の収納数もぐんぐん上がっていく。

戦闘回数が、群れじゃなくて一匹につき一回カウントなのと、パーティーメンバーが倒してもカウントされるのが嬉《うれ》しい。

先輩のおかげで、私も大助かりだ。

「襲い掛かってくるとは言え、これでは完全に弱い者いじめだな」

「上杉さん、そこは割り切りましょう」

上杉さんは虚空を蹴《け》ったり殴ったりするだけでモンスターを倒していた。

ステータス任せの力技が、もはやスキルの領域に入ってる。

ちなみに上杉さんは私たちのパーティーには入っていない。というか入れなかった。『無職』の弊害らしい。

――『無職』はパーティーに入れない。
職業についてる――働いてる人じゃないとパーティーメンバーに入れてもらえないってなんか妙に世知辛《せちがら》いなぁ。ていうか、武器が使えなかったり、パーティーに入れなかったり、無職って結構デメリット多いな。ちなみにこの法則は人間だけで、ハルさんやメアさんとかには適用されない。

それから数時間後――、
《魔剣ソウルイーター　第二解放　条件》
《魔剣ソウルイーターとの対話を行う　達成率１００％》
《魔剣ソウルイーターへの魂の捕食　達成率72％》
《魔剣ソウルイーターを使った戦闘を１００回行う　達成率１００％》

おお、戦闘の方が100％になり、捕食の方も70％を超えた。

このペースなら今日中に達成できそうだ。

「レベルも良い感じで上がってるし、もしかしたら今日中にＬＶ30に上がれるかも」

『ん？　上がれば何かあるのか？』

ボルさんが訊《たず》ねてくる。

「あ、はい。ＬＶ30になれば、『進化』ができるらしいんです」

これは検索さんに調べてもらった情報だ。

私たちは職業とは別にＬＶ30に上がると『進化』することができる。

種族は様々だが、総じて強力な力を手にすることができるらしい。

選べる種族は、ＬＶ30に上がるまでの倒したモンスターや、得たスキル、職業、性格や性別、パーティーメンバー、そして特定の行動によって変わってくる。

『魔物殺し』や『不倶戴天』のような特殊な条件を満たさないと取得できないスキルのように、特殊な条件を満たさないと進化できない種族も存在するのだ。

『進化』と言っても、別に人間でなくなるわけではなく、あくまでも人間のまま、より強い力を手に入れる感じだ。……まあ、進化先によっては完全に人間辞めちゃってるのもあるけど。

『ほう、それは良いことだ。この世界がこうなってまだ七日だ。もしかしたら、あやめが最初に進化した人間になるのではないか？』

「残念だけど、それはないみたいです。検索さんによれば、もう進化した人がいるみたいなので」

『なんと……』
「えっと、正確にはまだ進化してないみたいなんですが、もうLV30に上がって、いつでも進化できるって状態みたいですけど……」
ボルさんは驚きの声を上げる。私も驚いたんだけど、実際にいるのだから仕方ない。
『それはまたとんでもない奴がいたものだ』
「ですね」
個人情報なので検索さんは教えてくれなかったけど、もしかしたら私のように何らかの固有スキルを持ってる人物かもしれない。早くレベルアップできるスキルとか、そういう成長系のスキルを持っている人なら、効率的にレベルを上げることができるだろうし。
どんな人物なのだろう？　もし叶《かな》うなら会ってみたい。そんなことを考えながら、私たちはモンスターを狩り続けた。
《条件を達成しました》
《魔剣ソウルイーターの魂の蓄積を確認》
《拡張機能『魂魄《こんぱく》召喚』が使用可能になりました》
《拡張機能『魂魄武装』が可能になりました》
魔剣ソウルイーターの第二解放が可能となった。
ソウルイーターの新しい機能は『魂魄召喚』と『魂魄武装』の二つ。何となく名前で効果が予測できるけど、検索さんに正確な効果を教えてもらおう。

というわけで、検索さんお願いします。

《『魂魄召喚』について》

《魔剣ソウルイーターに内蔵されている魂を召喚するスキル。召喚された魂は所有者の命令に従い行動する。会話も可能。ただし、魂だけの存在のため、物質に触れることはできないし、すり抜けてしまう。また魂の姿は所有者以外は視《み》ることができない》

へぇー、なんか霊能力者みたいなスキルだね。会話もできるけど、私以外には見えないってのはメリットなのか、デメリットなのか？

あ、でも周囲の状況を把握したり、偵察したりするのに便利そう。

《『魂魄武装』について》

《魔剣ソウルイーターに内蔵されている魂を消費して、ソウルイーターの攻撃力、防御力を一時的に上げるスキル。消費する魂が多ければ多いほど、能力は上昇するが、消費された分の魂はまた補充が必要になる》

こっちはソウルイーターの能力向上のためのスキルか。

魂を喰《く》らって力を上げる、か。確かに凄く魔剣っぽい……。

あれ？　内蔵された魂はそのまま消費されるってことは、達成率とかも下がっちゃうの？

《あくまで第二段階に至るために必要な数値なので、それ以降は消費しても問題はありません。ですが、第三段階に至る条件にも魂の捕食は必要なので無駄遣《づか》いは控えるべきかと思います》

なるほど、なるほど。つまり使えば戦闘時には楽になるけど、その分魔剣の成長が遅くなるってことか。
ちなみに検索さん、次の条件ってどんな感じですか？
《魔剣ソウルイーター　第三解放　条件》
《魔剣ソウルイーターと会話と同調を行う　達成率０％》
《魔剣ソウルイーターへの上質な魂の捕食　達成率０％》
《魔剣ソウルイーターの剣、盾を使った戦闘を１００回行う　達成率０％》
《魔剣ソウルイーターに特殊な魂を捕食させる　達成率０％》
《尚《なお》、第三解放よりパーティーメンバーの戦闘行為は含まれなくなる》
達成条件に新しい項目が増えてる。
それに今までの項目も微妙に前回と異なってる。
会話と同調、上質な魂の捕食、剣と盾両方を使った戦闘、そして特殊な魂の捕食……。
しかもパーティーメンバーの戦闘が含まれなくなるってことは、今回のように先輩に手伝ってもらうことができなくなるってことだ。全体的に前回よりも条件が厳しくなっている。
二つ目の項目にある『上質な魂』ってのはなんですか？
《進化したモンスターのことです》
《ホブ・ゴブリン、ジェネラル・オーク、シャドウ・ウルフ、ジャイアント・キャタピラー等、それぞれのモンスターには進化した上位種が存在します。それらのモンスターのことです。ちなみに今回は１匹につき１％になるので、１００匹倒す必要があります》

つまり今までみたいに弱いモンスターばっかり倒しても意味ないってことか。厳しいなー。

他の項目も気になるけど、先《ま》ずは実際に二つの能力を試してみよう。

「先輩、ちょっとお願いが――」

検索さんとの脳内会話を終え、私は先輩の方を見た。

「もうヤダ……虫、嫌い……虫、怖い……怖い怖イ怖イ怖イ」

あ、駄目だ。先輩が壊れてる。しかも服のあちこちがちょっと溶けてる。

どうやら例の都合よく服だけ溶かす白濁液を浴びてしまったようだ。

「おーよしよし、怖かったですねー。今日は美味《おい》しいモノいっぱい作ってあげるから元気出してくださいねー」

「あう。あうぅ……」

琹さんが必死に先輩を慰めているけど、効果は薄そうだ。

「うーむ、重症ですね。すいません。私と七味《シチミ》さんは一旦《いったん》、シェルハウスに入ります。流石《さすが》にこの状態ではもう戦闘は無理でしょうし」

「そ、そうですね。済みませんが、よろしくお願いします」

流石にちょっと無茶させ過ぎたかな……反省。先輩、どうかゆっくりお休みください。

「みゃぁー」

「ミャアー」

「あ、ハルさんにメアさん、魔石もってきてくれたんだね。ありがとう」

二匹の目の前には山のように魔石が置かれていた。

これだけの数があれば、シェルハウスに『窓』や他の設備も追加することができるだろう。

とはいえ、凄く食べたそうにしているので、ご褒美《ほうび》に何個かは上げるけど。

『魔剣ソウルイーターの方はどうなったのだ？』

「あ、はい。実は――」

私はボルさんたちに新たに手に入れた二つの能力について説明した。

『なるほど。まあ、実際に使ってみるのが一番だろう。習うより慣れろだ』

「そうですね」

周囲のモンスターは一通り片付けたし、練習に集中できる。私は剣を構えて意識を集中した。

「ではいきます。――『魂魄召喚』！」

私がスキルを発動させると、黒い光と共にレッサー・キャタピラーの魂が召喚された。

レッサー・キャタピラーは状況が分かっていないようで、首……いや頭？　を傾げている。

大きさは生きてた頃《ころ》と同じだけど、姿は、以前ソウルイーターの内なる世界で見た時と同じ半透明だった。

「召喚できましたけど、ボルさんたちには見えてないんですよね？」

『ああ、見えぬな』

『そうだな。気配も感じねぇ』

私の眼にははっきりと見えているのに不思議な感じだ。

姿だけじゃなく、気配もしないのか。検索さんは意思疎通ができるって言ってたし、いろいろ試してみるか。

「えーっと、体を動かせる？」

『ピィ』

召喚されたキャタピラーはこくりと頷《うなず》くと、その場でくるくると回転してみせた。わしゃわしゃと、たくさんの足が動いているのが凄く気持ち悪いです。

『ピィ……』

お腹を見せながら、チラチラこっちを見てくる。……もしかして褒めて欲しいのだろうか？

「えっと、スキルは何か使える？」

『……ピィ』

今度は首を横に振った。

どうやら動き回ることはできても、生前のようにスキルを使うことはできないようだ。

あ、こっちに近づいてきた。いや、来ないでください。やっぱり虫は駄目です。

「あ、ありがとうっ。もう戻っていいよっ」

『……ピィ』

私は急いでキャタピラーをソウルイーターに戻した。……なんかキャタピラーは残念がっていたように見えた。

検索さん、これって何度も召喚できるんですか？

《ソウルイーターに内蔵された魂はいわばエネルギー体のようなモノです。召喚し、なにか命令する度にエネルギーは消費されます。レッサー・キャタピラー程度であれば、三回の召喚でエネルギーは尽きるでしょう》

回数制限付きか。確かにそう何度も使えるわけはないよね。

「じゃあ次は『魂魄武装』の方を試してみますね」

再び意識を集中する。内蔵されてる魂を武器に宿らせるイメージだっけ？

先ほどと同じくキャタピラーの魂を使わせてもらおう。

「すいません、使わせて頂きます。――『魂魄武装』！」

すると次の瞬間、ソウルイーターは真っ黒なオーラを放った。

え、ちょ、なにこれ……？　な、なんか凄い力を感じるんですけど……。

『へぇ、面白《おもしろ》そうじゃねーか。おい、あやめ。その状態で、俺に斬りかかってみろや』

「え、いいんですか？」

『構わねぇよ。相手がいねぇと訓練にならねぇだろ』

ベレさんが槍を手に私を手招きする。

せっかくこう言ってくれるんだ。胸を借りるとしよう。

「では――行きますっ」

私は地面を蹴ってベレさんに接近――しようとしてって思いっきりつんのめってしまった。

何故なら、思った以上にスピードが出たからだ。今までの私とは段違いのスピード。そのせいで体勢を崩したまま、私はベレさんへと突撃する。

「う、うわぁぁあああああああああああああ!?」

『は――?』

そのままベレさんへ体当たりする形で剣がぶつかった瞬間――巨大な爆発が起きた。

後から検索さんに確認したところ、どうやら『魂魄武装』による強化は身体能力も高めてくれるみたいで、爆発の方は、文字通りエネルギーとなったモンスターの魂が爆発しているようだ。

爆心地となったクレーターの中心で、私とベレさんはボロボロになっていた。検索さん、先に教えてよ……。


結局、その後はソウルイーターの訓練に全て費やすことになった。

『魂魄召喚』の方は割と簡単なのだが、『魂魄武装』は予想以上に難しかった。

思った以上に加減が難しく、しかも消費する魂の種類によっても効果が異なるのだ。なのでそれぞれの特性や強化効果をきちんと把握していないと、強くなるどころか、かえって仲間の足を引っ張ってしまうことになる。

『訓練あるのみだ』

「ハァ……ハァ……はい」

地面に倒れ込む私に、ボルさんは声を掛けてくる。

『今はまだ実戦で使い物にはならんだろうが、慣れれば相当な戦力になるはずだ。現に不意を突いたとはいえ、ベレに一撃喰らわせたのだからな』

『けっ……』

ボルさんはニヤニヤと笑いながら――いや、骸骨なんだから笑ってはいないんだけどそんな気配を出しながら、ベレさんの方を見る。

ベレさんは非常に面白くなさそうな気配を漂わせながら、槍で地面を小突く。

『確かに油断してたが、俺が反応できなかったのは事実だ。……アガが使ってた技に似てやがる』

「アガさんも『魂魄武装』を？」

『……多分だが、間違いねぇだろうな。アイツはその辺の説明を俺らに全然しなかったからな』

「そうなんですね。あ、そういえば、お二人の武器もソウルイーターなんですよね？　やっぱり解放条件とか大変だったんですか？　もしよければ後学《こうがく》のために教えて欲しいんですが……」

『別に構わねーが、剣、弓、槍、杖《つえ》とそれぞれ条件は異なるから参考にはなんねーと思うぞ？』

「それでも構いません。ぜひ、教えてください。先輩の魔杖《まじょう》もいずれは強化しなきゃいけないので」

そういう意味でもボルさんたちの経験談を聞くのは無駄じゃないはずだ。

検索さんに聞けば解放条件は分かるけど、そのために何をしたかとか、どういう工夫をしたかとかは本人にしか分からない。

私はボルさんたちから、弓や槍のソウルイーターのことをいろいろ聞いた。

『――とまあ、こんなところか』

「ありがとうございます。すっごく参考になりました」

『ふっ、こんな昔話で良ければいくらでも教えるさ』

そんなこんなであたりはすっかり暗くなってしまった。

『今日はもう終わりにしよう。周囲の警戒は我々に任せて明日に備えてゆっくり休むといい』

「はい、ありがとうございます」

その言葉に甘えて、私は一旦シェルハウスに入った。

●

「お疲れ様です、ご飯できてますよ」

「ありがとうございます」

シェルハウスの中に入ると、栞さんが出迎えてくれた。

テーブルの上には夕飯のおかずが所狭しと置かれていた。

から揚げに、ポテトサラダ、それにナスの煮びたし、それにカットされた果物。見てるだけでお腹が空いてくるようなメニューだった。それに冷えたビールまで置いてあるではないか。

「お先に風呂《ふろ》を頂いたぞ。はぁー、さっぱりした」

「きゅいー♪　きゅっぷー……」

上杉さんは先にお風呂に入ったようだ。

小さな蛇サイズのリバちゃんも一緒にホカホカしてる。

「……リヴァイアサンってお風呂好きなんですね」

「ああ、嬉しそうに湯船の中を泳いでいたぞ？　お湯で水球や、水人形を作って遊んでいたな」

なにそれ、ちょっと見てみたい。

「あやめちゃん、早く食べようよ。私、お腹空いちゃったよ」

「そうですね、先輩。……もう大丈夫なんですか？」

「アー、ウン、モウダイジョウブ、私ハ元気ダヨ。ハハハハハ」

どうやらまだメンタルは回復しきっていないようだ。……ごめんなさい、先輩。ぎゅーっとしてあげると、先輩は喜んでくれた。

「それじゃあ、いただきまーす」

「「「頂きます」」」

「みゃー」『ミャァー』『きゅいー♪』

お腹も減っていたので、早速栞さんの作ったから揚げに食らいつく。

「うっわ、なにこれ、凄い美味しいですね……」

外はサクサク、中はジューシー、噛《か》めば噛むほどに肉汁が溢《あふ》れ出す。

ありきたりな表現だけど、それくらい美味しい。マヨネーズを付けても美味しいけど、この大根おろしとネギの出汁《だし》につけても美味しい。明石焼《あかしや》きみたいだ。

「これは美味《うま》いな……。それにビールにも最高に合う。ふふ、働いていなくてもビールは美味いのだな。世界がこうなる前を思い出すなぁ……。いや、家事とかおじいちゃんの道場とか手伝ってたし無職ではないんだがな……ふふふ」

上杉さん、そのコメントは反応に困るのでやめてください。

私は烏龍茶《ウーロンちゃ》を頂いた。ビールも惹《ひ》かれたけど今日は遠慮しておこう。

夕飯を終えた後は、皆でシェアハウスの拡張について話し合う。

今回は大量に魔石をゲットできたので、窓だけじゃなくいろんな機能を拡張できる。

話し合いの結果、新たに寝室を二つ追加することにした。二人一組で一部屋。ふかふかのベッド付きである。

「みゃ～♪」

「ミャゥ～♪」

ちなみに何故か、ベッドができて一番上機嫌だったのはハルさんとメアさんだった。

それぞれベッドの真ん中に陣取って丸くなっている。喜んでもらえて何よりだ
「ハルさんが使ったベッドは私が使うので、先輩はそっちのベッドを使ってください」

「分かった。……別に一緒のベッドでもいいよ？」

「良くないですよ。狭いじゃないですか」

「そういうところは普通に返すんだね、あやめちゃん……」

なんで先輩はがっかりしているのだろう？　正直、分からない。

次に『窓』の設置だ。

キッチン、リビング、寝室にそれぞれ外の景色が見られる窓を設置する。これでシェルハウスの

中からでも外の様子を確認できるようになった。

ただ縮尺が異なるので、外の景色が凄く大きく見える。不思議の国の少女になった気分。

「おー、ボルさんたちがナイトメアに乗って移動してる様子が分かるねー」

「そうですね。とはいえ、夜なのであまりよく見えませんけど……」

外は夜の闇に覆われて碌《ろく》に見渡すことができない。

電気が通ってないので街灯の灯《あか》りも無く、頼りになるのは月明かりのみだ。

なんかこういうところで改めて世界は変わったんだなってことを思い知らされる。

「あー、布団気持《ふとん》ちいい……。あ、でも寝る前にちゃんと『魂魄武装』の復習をしておかないと。

えーっと、キャタピラー……虫系の魂だと脚力が強化されて、マイコニドみたいな菌糸系だと防御力、ゴブリンやオークみたいな人型だと腕力、レッサー・ウルフみたいな犬系だと嗅覚《きゅうかく》や瞬発力……。複数の魂を同時に使用した場合、生前のモンスターたちのレベルに応じて強化される割合が違うし、これかなり難しいなぁ……」

検索さんに調べてもらえば一発だけど、戦闘中にいちいち確認してたらキリが無い。きちんと頭に叩き込んでおかないと。

「凄いねー、あやめちゃんは。私ももっと頑張らないと」

「お願いしますね、先輩。そういえば、先輩はまだ魔杖の解放条件は満たしてないんですよね？」

「うん。武器との対話？　ってのが、思った以上に難しくて。でも頑張るよ」

できればクラーケンとの決戦までには何とかしてほしいけど、厳しいかもしれない。先輩の頑張りに期待しよう。

そうして、訓練とレベル上げ、そして人助けをしながら四国を進み、三日が経った。

私たちは遂に鳴門《なると》市に到着した。

●

鳴門市に辿《たど》り着くまでの三日間でソウルイーターの訓練とレベル上げは順調に進んだ。

私はＬＶ29、先輩はＬＶ20、ハルさんは猫又ＬＶ14、メアさんはＬＶ15、三木《ミキ》さんはＬＶ13、リバちゃんはＬＶ17、上杉さんはＬＶ19まで上がっていた。

私はもうすぐ進化することもできるし、ソウルイーターの『魂魄武装』もかなり使いこなせるようになってきた。やはりモンスターとの実戦を積むのが一番らしい。

三好市には検索さんの言うところの進化したモンスター――シャドウ・ウルフやホブ・ゴブリンなんかが少数だけどいたおかげで、経験を積むことができた。それにモンスターに襲われる人も大勢助けることができたし万々歳《ばんばんざい》だ。

『――たった三日でここまでモノになるとは。……信じられん』

なんてボルさんは言っていたけど、ちょっと大げさだと思う。

これは検索さんの知識や、皆が手伝ってくれたおかげだ。妹の葵《あおい》ちゃんやカズト君だったらきっともっと上手《うま》くやっている。私自身は全然大したことないんです。

「鳴門市に到着か。いよいよクラーケンとやらとの決戦だな」

「きゅー♪」

「いや、まだ戦いませんよ、上杉さん」

「なぬっ、そうなのか？」

やる気満々と言った感じの上杉さんとリバちゃんだが、まだクラーケンと戦うつもりはない。

検索さんの見立てでは、このまま『進化』せずともクラーケンは倒せるらしいが、やはり万全を期したい。

理想は私、先輩、栞さん、上杉さん全員が進化すること。

特に上杉さんは進化すれば『無職』から脱却できるので、何とか頑張ってもらいたい。

『無職』の一番の恩恵はステータス上昇だが、既に絶戮《ぜつりく》、修羅《しゅら》、猛攻の三つの強力なステータス上昇スキルを持っている上杉さんにとってさほどメリットになっていないのだ。

しょんぼりする上杉さんとリバちゃんを諌《いさ》めていると、栞さんが裾《すそ》を引っ張ってくる。

「あやめさん、クラーケンがこちらに気付いて襲ってくる可能性は無いのですか？」

「あ、それは大丈夫みたいです」

クラーケンは海のモンスターだ。

リバちゃんみたいに陸に上がって戦うこともできなくはないが、やはりその主戦場は海。

大鳴門橋に近づくまでは襲ってこないと言うのが、検索さんとボルさんの共通見解だ。

「それなら安心しました」

「しばらくは今まで通りモンスターの駆除とレベル上げを優先していきましょう」

モンスターに襲われる人たちも助けられるし、経験値も手に入る。これは今までと一緒だ。

検索さんによれば鳴門市のモンスターの種類は今まで戦ってきたヤツばっかりだし、よほどのことが無い限り後れを取ることはないだろう。

「それじゃあ行きましょうか。……あれ？　ボルさんどうかしたんですか？」

そこで私はボルさんがどこか一点を見つめていることに気付いた。

視線の先にあるのは――大鳴門橋かな？

「何か気になることでもあるんですか？」

『……妙だ。静かすぎる。クラーケンは強者の気配を敏感に感じ取るモンスターだ。我々がここまで近づいたなら、何かしら動きがあってもおかしくないのだが……』

ボルさんはしばし黙考したのち、

『あやめよ、予定変更だ。急いで大鳴門橋に向かうぞ』

「え？　もう戦うんですか？」

『いや、あくまで様子を見るだけだ。クラーケンの姿を見つけたらすぐに撤退する』

「……分かりました」

ボルさんの言葉に、私は言い知れぬ不安を覚えた。

予定を変更し私たちは大鳴門橋へ向かった。


――道中モンスターを倒しながら、私たちは大鳴門橋に辿り着く。

モンスターの襲撃が少なかったのか、大鳴門橋は何とか原形を保っており向こう側まで渡れそうな感じだった。

ちなみにこの場にいるのは、私、ボルさん、上杉さんの三人だけだ。今回はあくまで偵察なので、先輩たちには離れた場所で待機してもらっている。ベレさんは先輩たちの護衛である。

『やはりおかしい……。ここまで接近してもクラーケンが現れない』

「どこか別の場所に行ったのではないのか？」

『いいや、気配はある。移動したわけではない』

上杉さんには悪いけど、私も同じ意見だ。

検索さんに確認してもらったが、クラーケンはこの海域にいる。それは間違いない。

なのにどうして姿を現さないのか？　いや……ちょっと待って。

「……何かが来る。こ、これは――」

海の中から巨大な気配がせり上がってきた。

「ジュラァアアアアアアアアアアアアアアアアアアッ！！！」

私の声を遮《さえぎ》るように、海の中から超巨大なモンスター――クラーケンが姿を現した。

「なっ……!?」

「大きいな……」

『ふむ……』

その容姿はまさしく巨大なイカだ。だがそのサイズが桁《けた》違いにもほどがある。胴体は大鳴門橋の塔頂よりも高く、足の一本一本はリヴァイアサンの胴よりも太い。

そして感じる気配、強さは間違いなくベヒモスと同等かそれ以上。ボルさんをして厄介なモンスターと言わしめるのも納得できる。

（でも、なんだろう、この感じ……？）

ボルさんの言ってた通り、確かになにかおかしい。

「アァ……アァァ、アァァ……」

クラーケンはどこか苦しそうな声を上げた。

すると、その巨体を支える足の一本が突然切れた。大きな水しぶきを上げながらクラーケンの足が海に落ちる。

「アァァ……ジュラァァァアアアアアアアアアアッッ！」

苦悶《くもん》に呻《うめ》くクラーケンは残った足で何かを払うように海面を叩きつけた。

衝撃で海が割れ、虹《にじ》が掛かる。今度は叩きつけた足が何かによって切り裂かれた。

「何かと……戦っている？」

うっすらとだが、『何か』がクラーケンの周りを旋回している。

速すぎて見えないが、ソレは少しずつ、だが確実にクラーケンを切り裂いていった。

「ジュラァァァ……」

僅か数秒のうちにクラーケンはほとんどの足を切り裂かれ、見るも無残な姿になった。

旋回する『何か』は光の線を描き、最後にクラーケンの頭上で一瞬静止したように見えた。

そして次の瞬間、クラーケンの体が真っ二つに裂けた。

「──────」

断末魔を上げることも無く、クラーケンは消えて水色の魔石が海に落ちていった。

「な、何が起こったんですか……?」

「分からん。早すぎる……。分かるのは、何か圧倒的な存在がクラーケンを切り裂いたということだけだ」

上杉さんの眼でも捉《とら》えきれなかった存在……。その答えはすぐに分かった。

『二人ともあれを見ろ!』

「え……? あっ」

ボルさんが突然、空を指差す。その方向を見ると、上空に一本の『剣』が浮かんでいた。

「あれは……剣か? 九条の持つソウルイーターに似ているな」

「はい……。でも色や細部が違います。それに感じる気配は別物です」

空に浮かぶソウルイーターに似た剣は、禍々《まがまが》しい気配と、でもどこか神々しい光を放っていた。

『まさか……そんな……。何故、アレがここにいる……?』

ボルさんが信じられないといった声を上げる。

「ボルさん、あれが何か知ってるんですか?」

『言ったであろう、あやめよ。我々は『あるモンスター』を避けるために、わざわざ迂回《うかい》してこの四国へやって来たと』

「あるモンスター？　それって――ッ」

その瞬間、私はそのモンスターの存在を思い出した。

モンスター最強と言われる『六王』に匹敵し、この世に斬れぬモノはないと言われる最悪のモンスターの名を。

その名は――、

『あれがそのモンスター――『刃獣』だ』

最悪のモンスターが、私たちの前に姿を現した。

終章

空に浮かぶ一振りの剣。

それを指してボルさんは『刃獣《とうじゅう》』と呼んだ。

そういえば、検索さんの情報でも刃獣の姿については言及はなかった。

でもまさか『剣』そのものだなんて全く予想外だった。

『あやめよ、見た目に惑わされるな。アレがクラーケンを瞬殺するところを君も見ただろう』

「はい……」

そうだ。見た目なんて関係ない。アレがとてつもない化物だということは、嫌でも理解できる。

『アァ……』

すると不意に、頭の中に何かが流れ込んできた。これは……声？

『アァァァアアアアアアアアアガアアアアアアッハッハッハッハッハッハ！　死んだ！　死んだ、死んだ、死んだ！　あーーーー死んだあぁぁああ！　あー、やっぱりでっけぇ獲物は斬り甲斐《がい》があるぜぇぇえええええええ！　はーっはっはは！　あー、最高だ！　最高に気分がいいぜぇぇええええええええええっ！』

何、この声……？

ボルさんでも、ベレさんでも、ソウルイーターの中で聞いたアガさんの声とも違う。

荒々しく、それでいて底冷えするような畏怖と狂気を含んだ声音。

もしかして、これって刃獣の声なの……？

『あーー、でも足りない。コレじゃねぇんだよ、俺様《おれさま》が斬りたいのはコレじゃねーんだ。斬ろうと思って普通に斬れるだけじゃャツマンネぇ……。もっと、もっと、もっと、そうアイツみたいな斬っても切っても伐っても、何度でも、何度でも、何度でも斬り刻めるような獲物じゃねーと駄目なんだよぉおおおおおおおおおおおおおおおおおお！』

「ッ……」

うるさい。単なる騒音じゃなく、まるで頭の中がぐちゃぐちゃにかき回されるような不快感。

あまりの不快さに、私が思わず顔をしかめていると、

『——なあ、女。お前もそう思うだろ？』

刃獣が目の前にいた。

「え……？」

『お前か？　お前だな。お前だ。その剣の持ち主は。『今』の魔剣ソウルイーターの持ち主は。アイツと同じ匂《にお》いがする。でも弱そうだな。アイツに比べて簡単に斬れそうだ。お前が、その剣の気配が、魔剣ソウルイーターが俺をここに呼びよせた。なあ、おい、なんか言えよ？　聞こえてんだろ？　聞こえてるよなぁ！　俺様の声が聞こえてるよなぁ、おいっ！』

「〜〜〜〜〜〜〜ッ!?」

次の瞬間、刃獣の体に変化が起きた。

刀身部分が扇のように展開し、何十、何百という刃が現れたのだ。イワシの群れが密集して一つの巨大な姿になるように、現れた無数の刃は密集して巨大な二本の腕のような形に変化した。

それは瞬きよりも短い刹那《せつな》の間。当然、私は反応できるわけもなく――、

『あやめっ！　ぐあああああああああああああッ！』

「九条《クジヨウ》！　がはっ⁉」

突然、横からボルさんと上杉《ウエスギ》さんが私を守るように間に入って、その全身を切り裂かれるまで、碌《ろく》に反応することすらできなかった。

『ア……』

「かはっ……」

ボルさんは眼窩《がんか》の炎が失われて、上杉さんは全身から血を噴き出してその場に倒れた。

「ぼ、ボル、さん……？　上杉さん……？」

え、ちょっと待って。

なにこれ？　死んだ？　まさか……いや、生きてる……？　生きてるよね、二人とも！

け、検索さん、二人は生きて――、

『――構えろ！』

「ッ！」

刹那、体の内側から響くその声に導かれるように、私は反射的にソウルイーターを顕現《けんげん》させた。

顕現した剣と盾は左右から迫っていた刃の腕を弾《はじ》いた。

『はっはー！　弾いた！　弾きやがったぜ、コイツ！』

そんなに笑って何が面白《おもしろ》いの？　上杉さんとボルさんをこんなボロボロにして何が……。

「何がそんなに！　面白いのッ！」

私はソウルイーターの拡張機能を解放する。『魂魄《こんぱく》武装』レッサー・キャタピラー百匹。強化された脚力を使い、一気に刃獣へと距離を詰める。更に『魂魄武装』ゴブリン二百匹、オーク五十匹、レッサー・ウルフ五十匹。瞬発力、腕力を最大限まで強化する。

『ほう……』

刃獣は動かない。『目』がどこにあるかも分からないけど、ただじっとこちらを見つめているように感じた。

「ハアアアアアアアアアアアアッ！」

私は『魂魄武装』によって強化されたソウルイーターを振り上げる。

今までで一番速く、そして間違いなく最強の一撃。

その一撃を、刃獣は避けなかった。

『――こんなもんか？』

いや、それどころか微動だにすらしなかった。

私の振り下ろした剣は、刃獣の鍔《つば》の部分に当たって、そのまま止まっていた。

何なのこの感覚……？　硬いとか、斬れなかったとかそういう感じじゃない。まるで刃獣の体に当たった瞬間、斬撃そのものが消え去ったような奇妙な感覚。

「斬撃を無効化した……？」

いや、それとも違うような気がする。

攻撃そのものが、ぷつんと糸が切れたように無くなったような……。

まさか――斬撃そのものを『斬った』の？

検索さんは言っていた。刃獣に斬れないものはない、と。もしその対象が物質だけでなく、攻撃のような行為そのものにも及ぶのであれば――

『――死ね』

「ッ……!?」

攻撃が無効化され、無防備になった私に刃獣の攻撃が迫る。

次の瞬間、刃獣の斬撃が私を斬り裂いた。

「ひゅー、ひゅー……、ごほっ、ゴロロ……」

熱い。体が焼けるように痛い。肩から胸にかけてバッサリと斬られたようだ。周囲の景色がパチパチと白んで見えた。

それに呼吸音がおかしい。もしかしたら肺が傷ついて上手《うま》く呼吸できていないのかもしれない。

意識を、強く持たなきゃ。

「あ、こ……」

『あぁ？』

激しい痛みと失血で意識を失いそうになるのを必死に堪《こら》えながら、私はその言葉を口にする。

「『魂魄武装』――ベヒモス」

その瞬間、私の体は光に包まれ出血が止まる。

ベヒモスの『魂魄武装』の効果は回復。武器ならば新品の状態に戻り、肉体もその恩恵にあずかれる。

それにしても流石《さすが》、ベヒモスの魂。その効果はレッサー・キャタピラーやゴブリンなんかとは比べ物にならない。

『グルル……』

一瞬、何故《なぜ》かベヒモスの幻影が、私を守るように前に出て刃獣を睨《にら》んだような気がした。

そんなわけないのに。自分を殺した私を気に掛けるなんて。きっと私の見間違いだ。

私は後ろに飛んで刃獣から距離を取る。

『へぇ、治せるのか？　あー、そういやそういうこともできたよなぁ。懐《なつ》かしいな。斬っても斬っても、全然斬れないいんだよ。ひひっ、ありゃあ最高だった』

どこか昔を懐かしむような口調。

『なあ、おい、お前、今なんだ？』

「……？」

質問の意味が分からなかった。すると、刃獣から苛立《いらだ》ちの気配が漂ってきた。

『おい、声は聞こえてるんだろう？　お前は今なんだ、と聞いているんだ。この俺様が質問してるんだ。答えろ、女』

「……質問の意味が分からないのですが？」

『あぁん……？』

というよりも、何故コイツはこんなにも普通に話しかけてくるのだろう？　今しがた殺そうとした相手に、何故話しかけてくる？

『テメェはその剣の所有者なんだろう？　だったら何か称号を持ってるはずだ。『剣帝』か？『剣王』か？　『剣姫』か？　それともまさか――『剣聖』じゃねぇだろうな？』

「……」

剣聖ってボルさんが言ってた伝説の職業のことだよね？　ということは、コイツの言う称号ってのは職業のことだろうか？

「……『聖騎士』です。あと『魔剣使い』」

私は正直に答えた。すると、刃獣から小馬鹿《こばか》にしたような気配を感じた。

『はっ！　ははははっ！　はーっはっはっはっはっはっ！』

刃獣は何がおかしいのが笑い声をあげている。

『聖騎士！　ソウルイーターの持ち主にしちゃ弱すぎると思ったがまさかの聖騎士かよ！　雑魚《ざこ》中の雑魚じゃねーか！　なんで選ばれたんだ、テメーみてぇな雑魚が』

「知りませんよそんなの……」

私はちょっとムッとしてしまう。成り行きでこうなったとはいえ、そこまで馬鹿にされるいわれはない。

『いや、まてよ……。そういやアイツも最初は聖騎士だったな。剣聖になったのはずっと後だった。そう考えりゃ、将来有望と言えなくもないか……？』

知らんがな。さっきからなんなんだ。会話が全く成立していない。

『……試してみるか。おい、構えろ、女』

「ッ——!?」

刃獣から殺気と共に無数の刃が出現し、刃獣の周囲を覆い尽くしてゆく。

やがてそれは巨大な狼《おおかみ》のような姿に変化した。

（——来るッ！）

咄嗟《とっさ》に私は盾を前方に出した。

巨大な狼と化した刃獣の爪《つめ》とソウルイーターの盾が衝突し火花が散る。

「はあッ！」

ベヒモスの魂魄武装によって、ソウルイーターと私の体は一時的に強化されている。

吹き飛ばされること無く、その場に踏みとどまり、刃獣の攻撃を防ぐことができた。

『はっ、いいな！　なら今度はこうだ！』

無数の刃がばらけ、別の形に変化する。

今度は翼を広げた大鷲《おおわし》のような姿になった。刃獣が翼を羽ばたかせると、無数の刃が雨のように降り注《そそ》ぐ。

――躱《かわ》しきれない。

これだけの範囲攻撃は盾でも防御しきれな――いや、それよりもマズイ！　私は攻撃を無視して、すぐに横に飛んだ。――気絶してる上杉さんとボルさんを守るために。

「ぐっ……『魂魄武装』！」

溜《た》めこんでいたマイコニドや菌糸系のモンスターの魂を全て費やし、盾を強化し、防御に集中する。とはいえ、強度は上がっても、面積が広がるわけじゃない。せめて盾をもう少し大きくできれば二人を守れるのに。

「ハァ……ハァ……」

永遠にも思える刃の雨はようやくやんだ。

大鳴門橋《おおなるときょう》は見るも無残な姿に成り果て、今にも崩れ落ちそうだった。

でも、なんとか二人を守ることはできた。

代わりに私の体はボロボロだ。ベヒモスの『魂魄武装』の効果もすでに消えている。

キャタピラーやマイコニドみたいな弱いモンスターならまだしも、ベヒモスクラスの魂だと連続で『魂魄武装』を使うことはできない。手詰まりだ。

『ははは、ボロボロだな。でも生きてやがる。大抵の奴《やつ》ならこれでくたばるんだけどな。それにその表情……。良いじゃねえか、これなら多少は見込みがありそうだ！　ヒャハハハハッ！』

何がおかしいのよ。こっちはもうボロボロだってのに。

『気に入ったぜ、女。おい、お前名前は何ていうんだ？』

「……九条あやめ」

『そうか、ならあやめ……お前、『剣聖』になれ』

「は……？」

『そうすりゃ、生かしてやる。断るんなら、今すぐ殺す』

「……」

そんなの実質一択じゃないか。完全に脅しだ。頷《うなず》く以外にない。というか――、

「……全く意味が分かりません。どうして剣聖になれば生かしてもらえるんですか？」

『決まってるじゃねぇか。俺様が『剣聖』を斬るためだ』

「……？」

ますます意味が分からなかった。

『俺様に斬れないモノは無かった。だが、過去にたった一人だけ……初代剣聖ボア・レーベンヘルツだけは斬れなかった』

「……」

『『剣聖』の称号を持つ奴らはいたが、どいつもこいつも初代剣聖《アイツ》には及ばなかった。だがテメェには初代剣聖に近い『何か』を感じる。だから剣聖になれ。そして俺様と戦え』

なんだ、その凄《すご》く自分勝手な理屈は。

そんな勝手に人を巻き込まないで欲しい。でも文句を言ったら間違いなく殺される。

ならここは嘘《うそ》でも頷いておけば――、

『無論、頷く場合テメェには本気で剣聖を目指してもらう。半年だ。初代剣聖は半年で剣聖になった。だからテメェも半年で剣聖になれ。もしなれなかった場合――』

刃獣はもう一度空に浮かぶと、刃でできた翼を羽ばたかせた。

その瞬間、先ほどの攻撃とは比べ物にならないほどの刃の雨が周囲に降り注いだ。

海が割れ、大地が砕け、建物が崩壊し、周囲一帯が切り刻まれる。

たった一瞬で、背後にあった鳴門《なると》市が壊滅状態になった。

『テメェは殺す。仲間も殺す。周囲の人間も殺す。この国全ての人間を切り刻んで殺し尽くしてやる』

それは冗談ではなく本気で言っているのだと、嫌でも理解できた。

間違いなくコイツは本気で今言ったことをする。

そしてそれができるだけの力がある。

「……分かりました。半年以内に『剣聖』になってアナタと戦うと約束します」

『ああ、それでいい。精々――』

「ただし！」

刃獣の言葉を遮《さえぎ》って、私は続ける。

足が震え、喉《のど》が詰まりそうになる。でもコイツを野放しにしておくわけにはいかない。せめて何か鎖を付けないと、今後どれだけの犠牲者が出るか分からない。

「その代わり約束してください！　それまでの間、アナタは誰も殺さないし、傷付けないと。それが誓えるなら、私はこの命に懸けて、アナタとの約束を果たします！」

『……！』

一瞬、刃獣は私が何を言っているのか理解できなかったのだろう。

やがてカタカタと体を揺らした。まるで面白いおもちゃを見つけた子供のように。

『ヒハッ！　ヒハハハハハ！　ヒャッハッハッハッハ！　おもしれー！　本当におもしれーな、お前！　よもやこの俺様に向かって『約束』だと⁉　何様のつもりだ、テメェ！』

「……み、未来の剣聖です」

『ヒャハハハハハハッ！　そうか！　そうだな！　良いだろう、未来の剣聖様との約束だ！　テメェが剣聖になるその時まで、俺様は人間を誰も殺さねぇと約束してやるよ！』

すると刃獣の体から一本のナイフが私の足元に向かって放たれた。

拾えということだろう。地面から抜くと、刃は光の粒子となって私の体に吸い込まれた。

『その剣がテメェと俺様の約束の証《あかし》だ。じゃあな、あやめ。半年後を楽しみにしてるぜ』

そう言うと、刃獣は光の線を描いてどこかへと消えていった。

私はその場にへたり込む。

どうしよう……。なんだかとんでもないことになってしまった。

刃獣は去った。

とてつもない爪痕《つめあと》を残して。

「上杉さん、ボルさん、大丈夫ですか？」

「あ、あぁ……大丈夫だ」

『問題ない』

上杉さんはステータスの高さが幸いし、ボルさんもダメージの大部分を眷属《けんぞく》のスケルトンに『肩代わり』してもらったおかげで何とか命を取り留めた。

最悪、ハルさんの『変換』で治療してもらうつもりだったけど、二人とも無事で良かった。

私はボルさんたちが気を失った後、何があったかを説明した。

『——つまり君の話を纏《まと》めると、刃獣は君の——魔剣ソウルイーターの気配を察して、ここへ来たというわけか……。アガが所有者の時にはそんなこと、一度もなかったからな。迂闊《うかつ》だった……』

「検索さんですら分からなかったんですから仕方ないですよ」

『四国《しこく》を移動中に、どこかで奴の索敵に引っ掛かったのだろうな。認識が甘かった。……しかし刃獣と約束とは、とんでもない奴に眼を付けられたな……』

「はい……」

助かるためにはそれしか方法が無かったとはいえ、とんでもない約束をしてしまった。

『半年で剣聖……。不可能だ。アガですら辿《たど》り着けなかった魔剣の極致だぞ？』

ボルさんの言う通りだ。

たった半年で剣聖……。果たして私にできるのだろうか？　重い空気が流れる中、無機質なアナウンスが流れる。
《――可能です》
それは聞き慣れた検索さんの声。検索さんははっきりとそう告げた。
《通常の手順より複雑かつ困難になりますが、不可能ではありません》
で、できるの……？　でも仮に半年で剣聖になれたとしても、あの刃獣と戦わなきゃいけないんですけど……。私なんかが勝てるんでしょうか？
《可能です》
《剣聖と並行して、刃獣対策も同時進行で行います》
《今回のような結果には絶対にしません》
おおぅ、何か検索さんが予想以上に燃えている。一体どうしたんですか？
《……今回のルート選択はこちらの不手際《ふてぎわ》です》
《刃獣の思考パターン、行動予測がシステムの想定を遥《はる》かに超えていました》
《二度とこのような不手際は起こしません》
どうやら検索さんなりに今回のことについては思うところがあったようだ。
でも逆を言えば、それだけ刃獣が規格外の存在だったということ。
検索さんの想定を上回るってとんでもないことだ。
でも頼りにしてますよ。検索さんだって、私の大事な仲間なんですから。

《……最善を尽くします》

はい、よろしくお願いします。

以前よりちょっと検索さんが素直になってくれた。

「ボルさん、私剣聖になれるみたいです」

『……は?』

「検索さんが剣聖になる方法、刃獣に勝つ方法を調べてくれました。だから大丈夫です。きっと」

『……』

ボルさんは一瞬ポカンとしたが、やがてクックックッと笑い始める。

『全く、本当にとんでもないスキルだな。剣聖になるだけでなく、あの刃獣に勝つだと……? そんなことを言われれば、嫌でも協力したくなってしまうではないか。いいだろう、我々も存分に力を貸そう。君たちの行く末を見てみたくなった』

「ありがとうございます。こちらこそよろしくお願いします」

差し出された白い骨だけの右手を、私は再び握りしめた。

その後、私たちは町で待機していた先輩たちと合流した。最後の刃獣の攻撃に巻き込まれていないか心配だったが、先輩たちは無事だった。ベレさんとリバちゃんが守ってくれたらしい。

事情を説明すると、先輩が思いっきり抱きついて来た。

「よがっだー! あやめちゃん無事で良かったよー!」

「先輩こそ、無事で何よりです。栞《シオリ》さんも無事で良かった」

「流石にちょっとびっくりしました」

……栞さん、それは肝が据わり過ぎです。

『俺らは無事だったが、周りの被害がでけぇ。助けるんなら、さっさと動いた方が良いぞ』

確かにベレさんの言う通り、鳴門市は壊滅的な被害を受けてしまった。

瓦礫《がれき》の下敷きになってる人も多い。

「私たちの都合で関係ない人たちまで巻き込んでしまいましたね……」

「ぐすっ……あやめちゃんは悪くないよ！　悪いのは全部、その刃獣ってモンスターなんでしょ？」

「それはそうですけど……」

「ともかく救助を急ぎましょう。助けられる命なら、助けるべきです」

「そうですね」

栞さんの言う通り、まずは負傷者の救助が先だ。

するとリバちゃんが元のサイズに戻った。

「きゅきゅー！」

「どうしたの、リバちゃん？」

リバちゃんはまるで「任せて」とでも言うように大きく息を吸い込む。

「きゅーーーーーーー！」

そして口から大量の水を吐きだした。水は瞬く間に濁流に変わり、鳴門市へと流れ込んでゆく。

「ちょ――リバちゃん、何やってるのさ！　そんなことしちゃ駄目だよ！」

この状況で町を水浸しにするなんてとんでもない。

だがリバちゃんは水を出すのを止めない。すると栞さんが何かに気付いたのか、驚きの声を上げた。

「あやめさん見てください！　水が瓦礫をどかしています！」

「え……？」

それは驚くべき光景だった。

リバちゃんの水によって瓦礫が撤去され、埋もれていた人たちが浮かび上がってきたのだ。

負傷者はシャボン玉のような薄い膜に守られている。しかもその傷が少しずつ治っているように見える。

「……もしかしてあのシャボン玉もリバちゃんのスキル？」

「きゅい」

リバちゃんはこくりと頷いた。

水とシャボン玉は瞬く間に町一つを飲み込み、負傷者を救助し、手当てしてゆく。そのあまりの速さに私たちは呆然《ぼうぜん》と立ち尽くしてしまった。

『……リヴァイアサンは元々多彩なスキルを持っているとは聞いていたが回復スキルまで……それもこれほど広範囲とは。末恐ろしいな……』

「きゅー、きゅきゅー♪」

リバちゃん、ドヤ顔である。

でも本当に凄い。仲間になってくれてよかった。

リバちゃんのおかげであっという間に鳴門市の人たちを助けることができたのだった。

不幸中の幸いというべきか、鳴門市近くの自衛隊は機能しており、スキルを持った隊員さんも多かった。とはいえ、謎《なぞ》の水とシャボン玉によって次々に救助されていく光景は彼らにとっても驚きだっただろう。「一体誰の仕業だ?」と隊員たちは口々に呟《つぶや》いていた。

リバちゃんのことを説明するわけにもいかないので、後のことは彼らに任せ、私たちは先を急ぐことにした。

何せ私たちには時間がない。半年以内に私は剣聖にならなければいけないのだから。

検索さんに調べてもらった『剣聖』になるための条件は大きく分けて四つ。

一つ目は魔剣ソウルイーターを最終段階まで解放すること。

二つ目は一度進化した上で、更にある特殊な種族に進化すること。

三つ目はあるアイテムを入手すること。

四つ目はそれら三つの条件を満たしたうえで、職業が『剣帝』、『剣王』、『剣姫』のいずれかに就いていること。

この条件を満たすことで、最上級職『剣聖』になることができる。

本来なら他《ほか》にもいろいろ条件があるみたいなのだが、半年で『剣聖』になるにはこの方法しかないと検索さんは言っていた。

一つ目と二つ目に関しては、今まで通りモンスターを倒していくことで達成できる。

問題は三つ目だ。

あるアイテムを手に入れなければ、剣聖になることは絶対にできない。

そしてそのアイテムがある場所は――京都《きょうと》。

検索さんによると、京都は現在、『ダンジョン』と呼ばれる特殊な状態になっているらしい。

剣聖になるためのアイテムもそこに眠っている。

「そうだ、京都に行こう」

「あやめちゃん、突然何言ってるの？」

「……すいません、先輩。ちょっと言ってみたかっただけです」

正直冗談でも言わないと、やってられませんし。

ともかく、次の目的地は京都だ。

東京《とうきょう》にいる家族と再会すること、そして剣聖になって刃獣に勝つこと。

どちらも諦《あきら》めるつもりはない。

「それじゃあ、行きましょう。次の町へ」

私は仲間と共に次の目的地を目指すのだった。

あとがき

「モンスターがあふれる世界になったけど、頼れる猫がいるから大丈夫です」二巻を手に取っていただき誠にありがとうございます。皆様のおかげで無事に二巻を出すことが出来ました。一巻発売が去年の6月頃だったので、およそ8か月ぶりですね。長らくお待たせしてすいません。

さて、ここからは本編のネタバレになるのでご注意を。

一巻ではハルさん——というか、猫が可愛いという事しか語っていませんでしたので、今回はちゃんと本編についても語ろうと思います。これでも作者ですからね。ちゃんと本編の内容だって語れるわけです。担当編集さんから「ここ矛盾してますよ?」とか「誤字脱字がうんたらかんたら」とか色々言われる事もありますが、ええちゃんと覚えてますよ、本編。どのキャラが他のキャラに対してなんて呼んでるかだってちゃんと覚えてますよ。三木さん？　栞さん？　あ、ちゃん付けだったか？　上杉さんはあやめさんの事、なんて呼んでたっけ？　といちいち思い出したり、確認したりしなくても覚えてますとも。……たぶん、おそらく。

その点、猫って良いですよね。「ニャー」だけで済むんですから。他のキャラの事、名前で呼んだりしないんですから。リヴァイアサンだって「きゅいー」で全部済ませられる訳です。素晴らしいですね。作者にとって癒しであり、とても助かる心強い味方です。それに比べて刃獣……テメェ、なんでそんな流暢に話すんだよ。作画コストだって大変だし、お前だけは絶対許さないからな。刃獣はともかく、今回登場した新たな仲間、三木さんと上杉さんは作者もお気に入りです。この二人は書いてて楽しい。キャラデザもとてもいい感じです。

あ、ちなみに上杉日向さんは、原作三巻に登場した市長さんのお孫さんです。サヤちゃんや五十嵐さんとも交流がありますよ。え、誰それ？　って人が居たら、原作をチェック。是非、読んで下さい。原作コミカライズも丁度、今その辺やってるからコミカライズで読むのもありですよ。よし、自然な形で販促する事が出来ましたね。文字数も稼げました。

それともう一人の登場人物である彼女も作者的にはとても気に入っております。この世界で人を殺せばどうなるのか？　殺し続ければあのスキルはどうなるのか？　それについての疑問を解消してくれる存在です。彼女の行く末も気になるところです。それにしても気配を消したり、変装したり、アイテムボックスを妨害に使ったりと、やたらと戦法が誰かさんに似ている気がします。誰かさんについては原作を――（以下略。

最後に謝辞を。

ウェブ版からの改稿に次ぐ改稿を広い心で引き受けて下さった担当様、前回に引き続き素晴らしいイラストを仕上げて下さったしんいし智歩様。ねこ鍋マジ最高でした。寿命が伸びます。

そしてこの作品を手に取って下さった読者の皆様、本当にありがとうございます。

あと現在、本作のコミカライズ企画も進行中です。そちらも興味を持っていただけたら幸いです。

それではまたどこかでお会いしましょう。

GAノベル

モンスターがあふれる世界になったけど、
頼れる猫がいるから大丈夫です2

2023年2月28日　初版第一刷発行

著者　よっしゃあっ!
発行人　小川 淳
発行所　SBクリエイティブ株式会社
〒106-0032　東京都港区六本木 2-4-5
03-5549-1201　03-5549-1167（編集）

装丁　MusiDesiGN(ムシデザイン)
印刷・製本　中央精版印刷株式会社

ISBN978-4-8156-1505-5
Printed in Japan

ファンレター、作品のご感想をお待ちしております。
〒106-0032　東京都港区六本木 2-4-5
SBクリエイティブ株式会社
GA文庫編集部 気付

「よっしゃあっ!先生」係
「しんいし智歩先生」係

本書に関するご意見・ご感想は
下のQRコードよりお寄せください。
※アクセスの際や登録時に発生する通信費等はご負担ください。

https://ga.sbcr.jp/

特報
モふれる本編シリーズ
最新第⑥巻刊行決定！
イラスト／こるせ

異世界人、到来――物語は最終局面へ!!
モンスターがあふれる世界になったので好きに生きたいと思います6
２０２３年３月発売予定

試読版は
こちら!

第16回 GA文庫大賞
GA文庫では10代～20代のライトノベル読者に向けた
魅力溢れるエンターテインメント作品を募集します！
物語が、華ひらく。
イラスト／風花風花
大賞賞金300万円＋コミカライズ確約！
◆募集内容◆
広義のエンターテインメント小説（ファンタジー、ラブコメ、学園など）で、日本語で書かれた未発表のオリジナル作品を募集します。希望者全員に評価シートを送付します。
※入賞作は当社にて刊行いたします　詳しくは募集要項をご確認下さい
リニューアルで選考課程を一新!!!
応募の詳細はGA文庫公式ホームページにて
https://ga.sbcr.jp/